Días de Reyes Magos

1.ª edición: enero 1999
2.ª edición, revisada: abril 1999
3.ª edición: diciembre 1999
4.ª edición: noviembre 2000
5.ª edición: enero 2001

Juan Ignacio Luca de Tena, 15. 28027 Madrid

Diseño: Gerardo Domínguez

ISBN: 84-207-9079-6
Depósito legal: M. 48.500/2000
Impreso en ANZOS, S. L.
La Zarzuela, 6
Polígono Industrial Cordel de la Carrera
Fuenlabrada (Madrid)
Impreso en España - Printed in Spain

Días de Reyes Magos

Emilio Pascual

PREMIO LAZARILLO 1998

PREMIO NACIONAL DE LITERATURA INFANTIL Y JUVENIL 2000

Ilustración:
Javier Serrano

Índice

A Uriel,
los dos sabemos por qué.

How have you made division of yourself?
An apple cleft in two is not more twin
Than these two creatures.
(W. SHAKESPEARE, *Twelfth-Night: or, What you will,* Act. V, Sc. I, 222-225)

[¿Cómo os habéis dividido en dos?
Las mitades de una manzana por la mitad partida
no son tan gemelas como estas dos criaturas.]
(W. SHAKESPEARE, *Noche de Epifanía, o Como queráis,* Act. V, Esc. 1.ª, 222-225)

Μείζονα ταύτης ἀγάπην οὐδεὶς ἔχει,
ἵνα τις τὴν ψυχὴν αὐτοῦ θῇ ὑπὲρ τῶν φίλων αὐτοῦ.

[Nadie tiene mayor amor
que el de dar la vida por los amigos.]
(*Evangelio de Juan* 15,13)

1
La huida

A los ocho años supe que los Reyes Magos no existían. Me quedé un poco perplejo y desamparado. No fue agradable, porque entonces comprendí que el Árbol del Conocimiento es fuente de toda inquietud y pesadumbre.

Con la ausencia de los Reyes Magos fueron desvaneciéndose otras cosas: por ejemplo, ciertos compases, suaves como una caricia, que alguna vez me arroparon en la cuna y que un día mi padre dejó definitivamente de silbar. Al tiempo, pareció aumentar el desconcierto de mi casa: mi madre gritaba cada vez más y a mi padre se le veía cada vez menos. Hacia los once años recibí la última bofetada de mi madre. Mi padre le dirigió un reproche que yo agradecí:

—¡Deja al chico, coño, que bastantes le dará la vida sin que tengas que echarle tú una mano!

Entre los doce y los quince, la casa derivó hacia un escenario de tragicomedia. Mi padre solía volver alegre a casa: un poco achispado, diría yo; mi madre decía simplemente borracho. Ahora sé que exageraba.

Entraba mi padre canturreando alguna melodía indescifrable: mi madre le solfeaba:

—¡Qué! ¿Ya te has cansado de gandulear por ahí todo el día? ¡No, si hasta de pindonguear se cansa! ¡Vago, más que vago! ¡Y encima borracho, como siempre!

—¡Oh dolor! —recitaba mi padre con amplios aspavientos teatrales—. ¡Hubiera preferido ser ciego como Demódoco y que las musas me resarcieran con el dulce canto, antes que sufrir a esta Jantipa en castigo de mi clarividencia!

Atacaba mi madre por el flanco alimenticio:

—¡De cenar te acuerdas más que de traer con qué!

Mi padre abría los brazos y respondía mesiánicamente:

—Mi comida es hacer la voluntad del Padre celestial. Si los pájaros se alimentan de cañamones —añadía sacando un cucurucho del bolsillo—, ¿no te bastan a ti estas avellanas?

Embestía mi madre por el ala del orgullo varonil:

—¡Calzonazos, que eres un calzonazos! ¡Mucho pico, y eres incapaz de encontrar un trabajo decente! ¡Qué digo decente! ¡Ni indecente siquiera, porque no das golpe!

Y mi padre, con un escénico mutis de los de aplauso, concluía resignadamente:

—La vida me has de costar,
hermosísima villana.

Y así día tras día, año tras año.

El día en que cumplí dieciséis decidí marcharme de casa.

2
Mi padre

Mi padre era un enigma para mí. De joven había pertenecido a un grupo de teatro independiente, en la imposible época del general en nuestro laberinto, y aun se vanagloriaba de que su grupo —que militó bajo el inverosímil nombre de 1-X-2— había representado *Esperando a Godot* antes que ninguna compañía comercial. Incluso parece que habían sido mencionados en una tenaz revista de teatro, intitulada *Primer Acto,* cosa que nunca quise averiguar. Sin duda, de su época de actor le había quedado aquella veta de histrionismo, que desde luego él se cuidaba de exagerar.

Salía de casa por las mañanas, a la hora en que otros van a trabajar, y volvía al anochecer. Era Leo, y argumentaba que sería una injuria al Padre Sol permanecer en casa mientras él brillaba generosamente sobre justos y pecadores. En cambio no tenía ninguna ambición, ningún deseo de figurar en primer plano; amaba la luz, pero eludía las luces, y aun creo que presumía de su indolencia leonina. Detestaba el trabajo, o eso decía, y lo justificaba con su particular filosofía de la vida, asegurando que la obsesión por el trabajo remunerado tenía algo de idolatría; sólo admitía la ocupación *poética:* según él, la única tarea digna del héroe era la poética, en su significado etimológico, esto es, la función *creativa,* en cuanto colaboración con la labor del Hacedor supremo para la construcción de un mundo justo y acabado, donde no hubiera muerte, ni llanto, ni trabajo, ni dolor. Afirmaba que, desde el momento en que el trabajo se había convertido en arma arrojadiza e instrumento de los poderes establecidos, se hallaba definitivamente condenado y aun tenía algo de obsceno. Y, parodiando al evangelio, se comparaba, no sin cierta ironía, con los lirios del cielo y los gorriones del campo.

Tenía una memoria prodigiosa, que empleaba en las cosas aparentemente más inútiles. Conocía cientos de epigramas, sonetos, chascarrillos, canciones y fábulas procaces, y lo mismo podía conmoverse con ciertos dísticos de Ovidio, que recitar las sesenta y tres octavas del *Polifemo,* un soneto desvergonzado o los innumerables octosílabos de *A buen juez mejor testigo.* Si alguien le preguntaba por qué no escribía, replicaba que el único género literario que hubiera podido tentarlo sólo podría haber sido un poema épico en cuaderna vía sobre la estupidez humana, pero que, como él no era lo suficientemente estúpido para escribirlo, se moriría con las ganas de leerlo.

Presumía de haber leído en su juventud cerca de dos mil obras de teatro y se sabía de corrido *La vida es sueño, El alcalde de Zalamea, Fuenteovejuna* y *Don Juan Tenorio.* ¿De dónde había salido la fuente que abasteció tanta memoria? Porque es de saber que en mi casa, donde alguna vez además de acordes hubo libros, fueron desapareciendo como otras cosas, y creo que llegué a sospechar que mi padre los invertía o convertía en vino. A la sazón apenas

si quedaban los míos, que se reducían a los de texto, a los de lectura obligatoria y en ocasiones a los obligatoriamente recomendados. Sólo un libro estaba allí por decisión personal mía: *El principito*. Nunca supe hurtarme a la fascinación que ejercía sobre mí. Aquel ser tan poderosamente indefenso, que tenía problemas con una rosa, que en un ataque de tristeza llegó a contemplar cuarenta y tres crepúsculos en sólo un día y filosofaba con una serpiente, me obsesionaba —me sigue obsesionando todavía—, y he gastado en mi vida tantos *principitos* como Gabriel Betteredge *robinsones*.

Tocaba varios instrumentos, aunque decía, entre humorista y socarrón, que no serían esas virtudes las que lo llevarían a la gloria. Dominaba la bandurria y, cuando se dejaba arrebatar por su vena histriónica, la tocaba lo mismo detrás de la cabeza que «debajo de la pata». Sin embargo, él, que sospechaba que no hay éxito tras el que no se esconda algún fracaso, afirmaba que en su caso la bandurria no era sino el sucedáneo de una frustración: ya que al violín no había llegado, le hubiera gustado tocar siquiera la mandolina para envenenarse de melancolía con el segundo movimiento del *Concierto para dos mandolinas* de Vivaldi. Rasgueaba razonablemente la guitarra —lo suficiente para acompañar el tarareo entre dientes de un bolero—, y paseaba los dedos por un acordeón con la soltura necesaria para dibujar en el aire las olas del vals de Ivanovici. En cambio nunca pude comprobar por qué se empeñó en aprender a tocar la gaita gallega. Él juraba y perjuraba que se debía a una deuda contraída con su amor propio y a la redención de un papel teatral ridículamente interpretado. Contaba que en una obra en que tuvo que hacer de escocés, con su falda a cuadros y su gaita en bandolera, no consiguió arrancarle al instrumento más que unos equívocos ruidos sospechosos; nunca se había perdonado su contribución al fracaso de la obra, y desde aquel día se dedicó a explorar los secretos del mítico instrumento, quizá no tanto para acabar tocando la *Alborada gallega,* cuanto con la improbable esperanza de volver a interpretar al escocés.

Pero entre las muchas zonas de sombra de su biografía no eran éstas las que permanecían envueltas en la mayor oscuridad. Por ejemplo, ¿qué hacía durante todo el día? Nunca se le conoció trabajo fijo, cosa poco sorprendente en él sabiendo lo que opinaba del trabajo. Sin embargo, de algún sitio sacaría sus singulares provisiones. Porque, a pesar de los improperios de mi madre, lo cierto es que diariamente aparecía por casa, ya que no con dinero, con los más heterogéneos productos en especie: naranjas, castañas asadas, aceitunas, berros, hierbabuena, un puñado de nueces o piñones, algunos dátiles secos, una col de Bruselas, un kilo de lentejas, un bote de leche condensada... Yo, que sentía especial predilección por la leche condensada, nunca le agradeceré bastante la frecuencia con que la traía, en los formatos y envases más variados, y no sabría decir si por azar o por efecto de alguna precaución bien calculada.

Un día llegó extrañamente abastecido: desdiciendo sus usos y costumbres, traía una canasta gigantesca y repleta de espléndidas verduras, espárragos, coliflores, fruta de primera calidad y hasta dos perdices. Mi madre le preguntó qué significaba *aquello* y de dónde lo había sacado; él respondió sencillamente:

—De la otra parte.

Excuso decir que era vegetariano. Una vez más, su ética particular lo impulsaba a razonar que, si tenía derecho a comerse un cerdito inofensivo, que nunca le había hecho daño, no veía por qué no podría comerse a alguno de los políticos que tanto fatigaban el televisor: ellos sí que le habían producido un deterioro irreparable. Primero, por haber derrumbado una inocencia y una fe tan laboriosamente construidas; más tarde, por las repetidas ofensas a su inteligencia. Y así, detestaba las «pretensiones artísticas» de la política, que según él se había convertido en el arte de engañar de modo más o menos convincente, sonsacar y esquilmar al pueblo, y desde luego no cumplir nunca las promesas electoralmente vociferadas.

Yo hablaba poco con mi padre. Puedo deducir que él lo intentó en vano algunas veces, pero nadie puede llegar al corazón a través de una puerta blindada. Sé que, al abrigo de su máscara de comediante, fue delineando para mí un mapa de la realidad, cuyos fragmentos dispersos quizá no supe o no podía ordenar. La tarde en que recibí una bofetada que en realidad iba dirigida a él, sospecho que adivinó en mis ojos la resolución de huir. La aplacé cinco años. Entre tanto, de un modo apenas perceptible, también iban desapareciendo de casa los instrumentos. Preguntado el porqué, respondía evasivamente que había llegado a la penosa conclusión de que, en una partitura, las únicas notas interesantes eran los silencios de redonda.

Pasaron cinco años.

3
Cali

Dar un portazo y marcharse es fácil; decidir adónde ir es más difícil. Lo primero que se me ocurrió fue llamar a algún amigo. Pero, claro, a los dieciséis años son pocos los amigos que pueden resolverte el problema del alojamiento; las amigas, menos. Ésta es la regla general, mientras existan familias, hogares y otras convenciones. Por fortuna, rara es la regla que no tiene siquiera una excepción. Y, aunque en la gramática siempre he detestado las excepciones, los verbos irregulares y las conjunciones erráticas, reconozco que la vida sólo es tolerable porque existe lo excepcional, lo extraordinario, lo atípico. En mi caso, la excepción a la regla se llamaba Cali.

Lo primero que hice fue llamar a Cali.

Cali —cuyo verdadero nombre era Calipso, cosa que jamás perdonó a su padre (¿o sí?)— era hija de un dentista francés, un *pied noir* aposentado en España, que encima se apellidaba Desqueyroux. Todos los años, cuando el primer día de clase pasaba lista el profesor de turno, se armaba el cachondeíto de rigor. Ella lo sabía y lo esperaba. Había desarrollado una serie de reflejos que le hacían sacar partido de la circunstancia, y en alguna ocasión se permitió riesgos que a mí me parecían innecesarios. Una vez un profesor de matemáticas le dijo con cierto retintín:

—Así que se llama usted Calipso...

—Sí, pero no se preocupe: he dejado la varita en casa.

Cali, que en cuanto tomó conciencia de la enormidad de su nombre se había aprendido la *Odisea* de memoria, nos explicó después que con aquella respuesta inofensiva le había llamado cerdo a la vez que descubría que era un ignorante, pues no había sabido distinguir a la hechicera Circe de Calipso. En cambio, con el de latín fue más benévola. Cuando, al pasar lista, la miró con ojos interrogativos, entre asombrados y agradecidos, ella le dijo:

—Puede llamarme Cali: no me he traído la isla.

Cali sacó en latín sobresaliente. (Como en todas.)

Mi padre, que se sabía el *Quijote* prácticamente de memoria, cuando quería ponderar la belleza total de una mujer, recurría retórica, teatralmente al personaje del enamorado caballero, y repetía las mismas razones que don Quijote dedicó a Dulcinea: «Su hermosura es sobrehumana, pues en ella se vienen a hacer verdaderos todos los imposibles y quiméricos atributos de belleza que los poetas dan a sus damas: que sus cabellos son oro, su frente campos elíseos, sus cejas arcos del cielo, sus ojos soles, sus mejillas rosas, sus labios corales, perlas sus dientes, alabastro su cuello, mármol su pecho, marfil sus manos, su blancura nieve, y las partes que a la vista humana encubrió la honestidad son tales, según yo pienso y entiendo, que sólo la discreta consideración puede encarecerlas y no compararlas.» Ahora sé que mi padre no era ajeno

a la ironía cervantina, pues en otro lugar el licenciado Vidriera se burlaba de tanta pedrería como endosaban los poetas a sus amadas reales o imaginarias.

Cali no era ese tipo de belleza, aunque sospecho que estaba más cerca de la verdadera Dulcinea que el ideal caballeresco que don Quijote se había forjado a su medida. Cali era morena; con un pelo tan negro como inverosímilmente transparente; negros los ojos, que lo mismo podían ser claras ventanas por donde se vislumbraba su alma luminosa, que dolorosas aspilleras por las que te asaeteaba, o de amor o de ira o de tristeza. Tenía una piel a prueba de adjetivos: no era morena de verde luna, no era el resultado de una imposible aleación de bronce y sueño, y menos aún le convenía ese «magnífico color dorado» de los tópicos anuncios de cremas solares. Era un color que sabía a pan caliente, que olía a rastrojo y a tierra mojada, que sonaba a violonchelo apenas acariciado por el arco. No ha habido ni puede haber otra piel como la suya. Ella añadió un color al arco iris: el cali.

Lo primero que hice fue llamar a Cali.

Cali, que también tenía un corazón acorde con su fisonomía franca y abierta, nunca cerraba la puerta de su alma a la desdicha ajena: era una especie de consoladora de los afligidos, cosa que a veces le proporcionó ciertos sinsabores, porque no faltó quien confundiera su disponibilidad con otras facilidades, resultando así víctima de algún malentendido. Llamé a Cali, le conté mi decisión, presintió mi desamparo. Aquel día hizo pellas (¿o debo decir novillos?), y es de saber que no solía faltar ni estando enferma.

Nos encontramos cerca de una boca del metro. Cali llegó envuelta en un halo de paz, quizá sólo turbado por una leve alarma que alguien más atento que yo habría podido presentir tras sus incomparables ojos negros. Pero yo estaba deslumbrado por la suavísima vía láctea de sus pecas, que sólo brillaban al sol, al contrario que las estrellas. No advertí ningún signo de preocupación en su mirada, como tampoco reparé en las nubes que empezaban a amotinarse en un cielo quebradizo.

Era mayo y exámenes. Yo, que sentía una extraña fascinación por el álgebra, sin saber que nadie la hubiera descrito antes como «palacio de precisos cristales», apenas soportaba las literaturas, lenguas y otras filosofías, pareciéndome que no eran sino más o menos aristocráticas maneras de perder el tiempo en cursilerías. Imagino, ¿qué digo imagino?, sé que Cali pensó que mis problemas procedían de mi escaso interés por esas asignaturas, lo cual era cierto sólo en parte: yo huía de unas clases aburridas, de unos profesores que parecían pastorear ovejas en vez de enseñar a vivir, a ser y a ser felices —que es más importante, y sin duda más difícil, que enseñar cosas—; pero huía sobre todo de mi casa, de mis padres, de un desconcierto, de un desasosiego sinuoso.

Nos sentamos en los escalones de la entrada a un supermercado que había frente a la boca del metro. Cali tenía la virtud de mostrarse en desacuerdo sin ofender, y de aconsejar sin parecer superior o pretenciosa. También la de sazonar de humor los momentos más difíciles. Estuvimos hablando largo rato. Ella iba desbaratando todas mis razones, todos los argumentos de mi huida. Finalmente dijo:

—Pero, vamos a ver: ¿eres más tonto de lo que aparentas o menos inteligente de lo que creo? Cualquier situación tiene sus lados buenos y malos. El secreto está en aprovechar los unos y evitar los otros. Sé que no vivimos en el mejor de los mundos posibles, pero mira a tu alrededor: tampoco tú eres la más desgraciada de las criaturas que pueblan el universo.

Hablando con Cali yo siempre llevaba las de perder. Era Leo, como mi padre, y tenía una respuesta pronta e incisiva para todo. De haber estudiado derecho, creo que habría sido una abogada temible. Así y todo, aún tuve reflejos para replicar:

—Claro, eso es muy fácil de decir. Pero a veces el lado bueno y el lado malo pertenecen a la misma pared, y no puedes separarlos sin derrumbarla.

—¿Y quién te ha dicho que los separes? En ese caso, aprovecha siquiera la sombra. ¿Recuerdas *El club de los poetas muertos*? La película, claro: libros ya sé que no lees —sonrió con una de aquellas sonrisas que habrían podido resultar ofensivas, de no ser encantadoras—. ¿Recuerdas cuando Charlie le gasta al dire la broma del teléfono y está a punto de ser expulsado del «prestigioso colegio Welton»? Y no me negarás que era un colegio un pelín repugnante, ¿no? Bueno, pues el profesor Keating le dice a Charlie: «Hay un momento para el valor y otro para la prudencia; y el que es inteligente los distingue. Es cierto que Welton está lejos de ser el paraíso, pero hacer que le expulsen no denota valor, sino estupidez, porque se perderá algunas buenas oportunidades.» «¿Ah, sí? (le replica Charlie entre irónico e irritado): ¿Cuáles?» «Asistir a mis clases por ejemplo», concluye Keating con una sonrisa picaruela.

Creo que Cali me miró con la misma sonrisa picaruela que el profesor Keating a Charlie Dalton, y añadió:

—Por cierto, a ver si aciertas de dónde sacó Keating eso de que hay un tiempo para cada cosa.

La miré sin comprender.

—De la Biblia, tío, de la Biblia. Y de un capitulillo que aquí nos viene al pelo. Porque también dice que hay tiempo de herir y tiempo de curar, tiempo de destruir y tiempo de edificar, tiempo de rasgar y tiempo de coser, tiempo de amar y tiempo de odiar.

—Tú lo sabes todo, ¿no? —dije con un mezcla de asombro, complejo y envidia.

—No, no lo sé todo. Pero tú no sabes lo que te pierdes por no visitar algunos libros. Y, si quieres saber mi opinión, creo que tu momento es el de curar, edificar, coser y no odiar.

A nuestro lado representaba su papel de estatua inmóvil un hombre con una chistera desproporcionada y una barba a todas luces excesiva, que parecía demasiado viejo para tan inestable oficio; o quizá fuera sólo efecto del disfraz y el maquillaje, que le daba ese aire negruzco y churretoso del mármol sometido durante un siglo al humor variable del tiempo y al azote obstinado de los humos; el conjunto había armado una figura caprichosa, equidistante de la comicidad y el patetismo, una suerte de híbrido remoto del profesor Challenger y Marx. El tintineo de las monedas azarosas de los viandantes al caer en el platillo marcaba su cambio de postura, que no podía ser demasiado incómoda en previsión de más largos intervalos. No logro recordar si estaba allí ya cuando nos sentamos en la escalera o se colocó en su pedestal después.

—Y yo te digo —concluyó Cali— que tienes más ventajas quedándote en tu casa que tirado por ahí.

Empezó a llover. Mi debilidad por la leche condensada se extendía a los bocadillos de calamares, y Cali lo sabía. Las primeras gotas de lluvia eran tan gruesas que reventaban en el polvo reseco como burbujas de jabón. Cali me cogió de la mano y me dijo:

—Vamos. Te invito a un bocata de calamares.

Entramos al metro. Al final del pasillo, en un recodo, había un bar, pequeño pero bien surtido. Cali pidió dos bocadillos. Nos sentamos en un banco del andén, observando, como el principito, los seres apresurados del mundo subterráneo que se agitan y dan vueltas sin saber lo que buscan. Sospecho que yo era uno de ellos. El hombre-estatua, también acosado por la lluvia, había plantado su pedestal entre nosotros.

Cali seguía desmontando las piezas de mi torre, cuidadosamente construida de ofensas magnificadas y defensas preventivas. Argumenté que ya era tarde para entenderme con mis padres, pues ni ellos se entendían entre sí.

—¿Y qué vas a sacar yéndote de casa? ¿Ir a otra peor? No vas a mejorar tu situación, y te amargarás tú y amargarás la vida de tus padres. Sé lo suficientemente inteligente para hacer las cosas a tu aire, pero procurando no hacer daño a los demás. No compensa, créeme.

—Sí, ya sé: hay tiempo de herir y tiempo de curar. Pero mi madre me pegó y eso no lo he olvidado —dije, exhibiendo un resentimiento que ya no sentía.

—¿Cuándo fue eso?

—Hace cinco años.

—¡Cinco años! Creí que había sido ayer. —Me miró en silencio y añadió incisiva—: ¡Jo, tío, qué buen fogonero eres! ¡Y cómo te gusta alimentar el rencor! Pues ya que tienes tan buena memoria para las ofensas, deberías recordar esto: Hay caricias que son peor que un latigazo, y tortas que son besos del revés.

A juzgar por su tono sentencioso, podría parecer que Cali era una niña repipi o repelente. Y no. Cali podía ser la más divertida del curso, la más natural y más alegre: su risa era tan espontánea como su inteligencia, y nadie se hubiera atrevido a imaginar una empollona tras sus notas deslumbrantes. Quemé mi último cartucho sin mucha convicción:

—Los padres nunca nos entienden.

Entonces yo no podía figurarme que la diferencia entre un niño y un adulto son veinte años, o treinta como mucho. Cali, que parecía haberlo leído todo, sí que lo sabía.

—Claro que no —respondió—. Nadie tiene todas las claves para entenderlo todo, ni para ser entendido, ni siquiera para entenderse. —Hizo una pausa y prosiguió—: Apuesto a que tampoco has leído *La guerra de los botones* —no necesitó mi respuesta para pronosticar la negativa—. Deberías hacerlo. Las últimas líneas por lo menos.

Se encerró en una pausa pensativa. Luego añadió:

—¿Sabes? Me gustaría tener un padre como el tuyo.

En aquel momento alguien echó una moneda en el platillo, y la estatua viviente cambió de postura con alivio.

4
El metro

Necesitaba reflexionar. Creo que también necesitaba aturdirme un poco, zambulléndome en una realidad distinta. Supuse que quizá fuera una buena terapia recorrer las estaciones del metro. Alguna vez, en alguno de sus momentos de inspiración, mi padre había dicho que el metro de las grandes ciudades era como la selva de los antiguos: el lugar más propicio para correr toda suerte de aventuras y hasta para encontrar la muerte. Creo que alguna vez intentó escribir una novela sobre un hombre que entra en el metro y no consigue salir. Pensaba acabar: «Ni rastro de él. Lo devoró el metro», como la selva a los atormentados seres de *La vorágine*.

El metro es un mundo tan hostil como acogedor. No es el lugar ideal para vivir, pero te protege de la intemperie de las otras estaciones. El metro es el refugio contra las adversidades del tiempo de los seres que vivimos en el tiempo; es un albergue para cobijar el sueño y a la vez el rincón donde se archivan muchos sueños; es, en fin, una especie de escaparate de las desdichas humanas, de los deseos no cumplidos, de la resignación y de la prisa. «Llevan mucha prisa —consideró el principito, viendo la rapidez con que pasaba un tren ante sus ojos—. ¿Qué buscan?»

¿Qué buscan, qué buscamos, en efecto? Transité por distintas estaciones, recorrí varios pasillos, subí a diversos vagones. Iba mirando por la ventanilla la veloz oscuridad de los túneles y, cuando nos cruzábamos con otro tren, sufría el síndrome del principito. A veces subían al coche los recitadores de desgracias con un aire de salmodia apresuradamente aprendida, pero repetidas veces representada; otras se acompañaban de un instrumento reacio, como para justificar la mendicidad con alguna especie de prestación laboral.

Una vez, en una de aquellas fugaces conversaciones que teníamos, me preguntó mi padre qué me gustaría hacer en la vida. Yo respondí: «Mirar.» Pero, en español, *mirar* es un verbo curiosamente equívoco. No sólo significa lo que definen las ocho o diez acepciones de los diccionarios convencionales: un uso popular no registrado le ha concedido el significado de «estar mano sobre mano», «no hacer nada». Pues bien, justamente cuando no se está haciendo nada es cuando más se afina el sentido de la observación. Yo había subido muchas veces en el metro, pero siempre *iba a algún sitio* porque *tenía algo que hacer*. Aquel día no tenía que hacer nada. Aquel día, como sólo estaba «mirando», podía mirar mejor.

Cali me había pedido que mirara a mi alrededor, quizá para que comprobara por mí mismo que yo no era el ser más desgraciado de la tierra. El metro era un buen puesto de observación, aunque también podía ser un lugar de incómodas coincidencias. Al otro lado del andén había una mujer bellísima: me preguntaba por qué una mujer tan hermosa como ella podía tener aquella cara de tristeza, cuando otra voz de mujer dijo a mi lado:

—Hola —era un saludo amable, sin mezcla de reproche—. Hoy no te he visto en clase, ¿no?

La profesora de literatura. ¿Por qué era ella la única que no tenía coche y además viajaba en metro? ¿Por qué no me di cuenta de que eran casi las tres, y aquélla la estación cercana al instituto? ¿Por qué mis iras vengadoras se desvanecieron en el aire cálido, y enarbolé la excusa más exagerada?

—Es que he ido a ver a mi padre. Está en el hospital.

—¿Qué le pasa? —preguntó, y parecía sinceramente interesada.

—No estoy muy seguro, pero creo que es algo malo.

—Vaya —dijo, un poco cortada—. Lo siento de veras. Espero que se mejore.

Al llegar a este punto, las conversaciones se hacen imposibles. Por fortuna apareció el metro, y balbucí una excusa para no subir:

—Estoy esperando a mi madre...

Tomé otro bocadillo de calamares, no sólo porque figurase entre mis preferencias, sino porque mi peculio no daba para excesivas alegrías. Convencido por Cali de que podría mantener mi teatro de protesta y paradoja sin abandonar la cena ni la cama, la administración de mi economía quedaba limitada a la comida. Podría sobrevivir bastante tiempo.

Seguí paseando por andenes y pasillos, empapándome de aquella fauna humana que se cobijaba a la sombra de los subterráneos quizá por no tener un lugar al sol. Vendedores ambulantes de tabaco, pañuelos, baratijas; re-

lojes, mecheros, navajas multiuso; cinturones, pañuelos, alpargatas... Muchos representantes de la raza negra se habían desplazado al laberinto del metro, huyendo de condiciones a todas luces peores que las mías.

Abundaba la música, no siempre decorosamente representada. Desde el estudiante meritorio de flauta travesera, que intentaba aprender a respirar en los inagotables compases de Franz Benda, hasta el más desastrado acordeonista, había todo un retablo de ángeles expulsados del paraíso que intentaban conmover al público apresurado con ambiguas melodías e instrumentos imposibles. Me detuve ante un exótico quinteto andino, cuya música me conquistó con su particular embrujo. No tuve valor para alejarme sin aportar mi óbolo al platillo.

Tampoco la mendicidad estaba ausente. Carteles en que se hablaba de enfermedad y paro, personajes arrodillados implorando misericordia, bebés arrebujados en mantillas sucias y dormidos sobre el pecho de sus madres... Todos sabíamos que determinadas escenas eran eso, escenas de teatro. Pero, si todo el mundo es teatro y nuestra vida una representación, debía reconocer que, en el gran teatro del mundo, a algunos les habían caído papeles peores que los míos.

A la caída de la tarde, al fondo de un pasillo inacabable, me pareció ver al hombre-estatua, que doblaba la esquina con su ficticio pedestal de mármol.

5
Mi madre

Mi madre me recibió malhumorada. Yo llegaba más tarde de lo acostumbrado y mi padre aún no había vuelto. Por una de esas caprichosas inclinaciones de los átomos, cuando salí por la mañana, pensé no volver a casa. Pero quien no volvió fue mi padre.

—¡Vaya, por fin aparece el señor! —gritó mi madre—. Os habéis creído que yo soy la criada, ¿no? Pues la próxima vez os vais a hacer vosotros la cena.

No respondí. En general mis silencios eran una demostración de indiferencia o de desprecio. Aquella noche, sin embargo, bajo el tono abrupto de la reprensión vislumbré un cansancio y una protesta dolorosas ante el destino absurdo de la vida. Sospeché que, cada uno a nuestro modo, teníamos razones para rebelarnos contra los jeroglíficos incomprensibles de la existencia.

Creo que mi madre había cometido la equivocación de soñar, y no seré yo quien se lo reproche. En los seres humanos, la vida no es tanto sostenerse en pie cuanto percibir la realidad de un modo determinado e ir asentándola en los sucesivos estratos de la memoria. Puedo aventurar que mi madre esperó de la realidad más de lo que ella puede dar en este confuso capítulo del tiempo y del espacio. Es condición de la peregrinación humana desear y que a nadie se le cumplan sus deseos.

¿Cómo se habían conocido mis padres? ¿Se habían amado alguna vez? Cabe pensar que sí, y en todo caso ahí estaba yo para atestiguarlo de algún modo. Pero son preguntas que rara vez los hijos nos hacemos, y menos aún en la primera juventud. Y, si se habían amado, ¿por qué un final tan opuesto al que parecían prometer todos los amores? ¿Qué es el amor? ¿Se parecía a ese agridulce estado indefinible que me envolvía cuando veía a Cali, cuando no la veía, cuando sólo la pensaba?

A la mañana siguiente decidí volver al metro, mi puesto de observación de la vida cotidiana. Siguiendo el consejo de Cali, no di cuenta de mis planes para evitar complicaciones inútiles y explicaciones que no lo eran. Cogí la mochila como todos los días, aunque más ligera de equipaje, pues no pensaba ir al instituto. Sólo tenía pensado ver al Guille a mediodía, y no tanto porque esperase una ayuda útil o un consejo acertado, cuanto por ver cómo reaccionaba ante una situación poco esperada. El Guille (a quien debo una hoja del árbol de la ciencia que decididamente no quiero agradecer) había figurado siempre de estudiante glorioso, como el soldado fanfarrón otrora, el que se las sabía todas por haberlas aprendido en innumerables años de experiencia acumulada, y tampoco esta vez desperdiciaría la ocasión de demostrarlo. En el fondo me divertía que interpretara mi inasistencia como una provocación, pues, bajo la apariencia amistosa de la luna, desfilaba una soterrada rivalidad. Le llamé por teléfono, pero no estaba. Dejé el recado de que quería verlo en cierta estación del metro.

Al salir vi un paquete en el buzón. Probablemente mi madre había olvidado retirar la correspondencia, y estaría allí desde el día anterior, pues el correo no había pasado todavía. Abrí el buzón. En él había un sobre a mi nombre, y en el sobre un ejemplar primoroso de *La guerra de los botones* y otro más rústico de *El club de los poetas muertos.*

Pensé en Cali con ternura. No sólo se había comprometido a tenerme al corriente de los avances o retrocesos en las clases durante mi ausencia terapéutica, sino que me había proporcionado aquellos dos libros que, según ella, encerraban un par de reflexiones pertinentes. La llamé desde la cabina más cercana y le di las gracias por los libros.

—¿Qué libros?

—Cómo que qué libros —era una afirmación, no una pregunta—. Pues la guerra y el club —lo dije así, sin comillas ni cursivas.

—Oye, guapo, ya sé que sabes que soy muy lista, pero a estas horas de la mañana no he enchufado la bola. ¿Puedes ser un poco más tolerante con el cerebrito de una débil mujer?

—Pero, seño, si son los libros que usted me recomendó ayer: *La guerra de los botones* y *El club de los poetas muertos* —subrayé.

—La verdad es que lamento haber andado tan corta de reflejos. Alguien se me ha adelantado.

—Pues si no has sido tú, ya me dirás quién.

—Habrán sido los Reyes Magos.

—No lo había pensado —dije, siguiendo la broma—. Pero mira, ahora que lo dices, si nieva en mayo, no veo por qué no pueden venir los Reyes. ¿Te veo luego?

—Esta tarde mejor. No querrás que te prive de mis buenos oficios de mensajera.

—No, paloma.

—Di otra tontería y ahorrarás dinero.

—Ya me he perdido. ¿Podrías aclararme un poco más la receta del ahorro?

—Tengo una habilidad especial para colgar el teléfono a los ingeniosos. Se ahorra dinero. Salvo que hayan cometido la torpeza de echar una moneda demasiado larga para una conversación demasiado corta.

—No es mi caso. También me pierdo con los múltiplos de veinticinco.

—Ya salió el matemático. A las cinco en la boca del metro: entra en tus cálculos porque es sólo un divisor. Por cierto, algebrista, ¿a que no sabes lo que es un algebrista?

Colgó, e imaginé tras el hilo su sonrisa, que te reconciliaba con la aspereza de un mundo tortuoso. Pensé en aquel Demódoco que mi padre mencionaba en ocasiones y deduje que, los mismos dioses que me habían privado de mi familia, en compensación me habían concedido a Cali. Por primera vez dejé de sentir aversión por la *Odisea* e incluso me sedujo la idea de cruzar los umbrales de aquel libro, siquiera para visitar los mágicos parajes que albergaban a seres como Demódoco, Circe o Calipso.

No tenía preferencias por ninguna estación en especial. Sólo deseaba echar un vistazo cuanto antes a los libros. Yo sabía que me los había regalado Cali a pesar de sus protestas. Ella era así. Tenía la virtud de hacer el bien sin que se notara y de encerrar bajo llave la mano izquierda cuando daba limosna la derecha.

Bajé al andén de la estación y me senté en un banco solitario. Abrí en seguida *La guerra de los botones*. Ya dije que era una edición primorosa, con unas divertidas ilustraciones del francés Joseph Hémard. (Más tarde, cuando leí el libro entero, al final del capítulo 7 del libro primero detecté un *biejo*, ataviado con esa llamativa *b* inclemente, acaso una suprema ironía tipográfica para reflejar plásticamente la atrocidad implacable de los años. Desearía que nunca hubieran corregido aquella errata.)

Hice caso a Cali y abrí el libro por la última página. (La verdad es que aún no sentía tanta devoción como para hacerlo por la primera.) Allí, un personaje, previsiblemente infantil, se lamentaba: «¡Qué desgracia la de los niños, tener padre y madre!» Me sorprendió ver escritas hace un siglo unas palabras que no mucho antes había formulado yo de modo parecido y que también entonces habían provocado un silencio largo. Todavía faltaban las últimas, y pertenecían a otro personaje:

> «Conmovido, invadido por la melancolía de la nieve ya cercana y quizá también por el presentimiento de las ilusiones perdidas, dejó caer estas palabras:
>
> —¡Y pensar que cuando seamos mayores a lo mejor somos tan tontos como ellos!»

Cali había dicho que la diferencia entre un niño y un adulto son veinte años, treinta años como mucho, quizá menos. De pronto me vi convertido en mi padre, y fue un pensamiento que apenas pude soportar. Lo deseché de un manotazo por obsceno. Tampoco Cali podría ser jamás como mi madre.

Un metro singularmente fragoroso, con aparato de chispas y chirriar de frenos como si fuera a descender un dios antiguo, se detuvo en sentido contrario. Y luego, como si el metro que acababa de perderse en el túnel hubiera dejado tras de sí una imposible estela de guitarra, oí unos acordes en tono menor rasgueados con aspereza.

Era un ciego, un ciego que en el andén de enfrente cantaba un romance desaforado, del que apenas si recuerdo algunos versos cojos, del tipo «padres, que tenéis hijos» o «madres, que tenéis hijas», y en medio errores tremendos, lamentos desgarradores, ayes, sangre y arrepentimientos tardíos.

6
El ciego

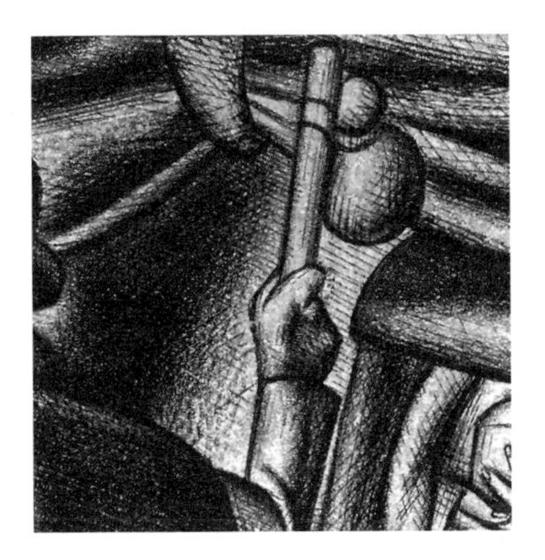

Era un ciego a la antigua usanza. Voluminoso, con amplia capa de peregrino jacobeo ornada con la inevitable vieira, un sombrero alado, aunque demasiado terrenal por el polvo y la grasa acumulados, una borrascosa barba inverosímil con mechones de canas, unas gafas redondas, oscurísimas, con protectores laterales como si fuera a soldar el mundo o a sumergirse en los océanos. Su cabeza, rizada y ciega, de un gran carácter clásico arcaico como la de Max Estrella, recordaba los Hermes mitológicos. Sus manos gruesas disonaban en el esbelto mástil de la guitarra, aunque nadie había reprochado a Sherlock Holmes que, habiendo sido boxeador, supiera tocar el violín.

Cerré *La guerra de los botones*, pero no abrí *El club de los poetas muertos*. Había un no sé qué de extraño y atractivo en aquel ciego estrafalario que cantaba al otro lado de las vías. Seguí oyéndole desgranar en su romance adjetivos como «desesperada y furiosa» o «hermosa y bella», pedir aliento «a la Virgen del Rosario» y, en fin, suplicar

«al auditorio discreto
que perdonasen las faltas
que tuviesen estos versos».

La dirección en que rodaba el metro me era indiferente, pues supuse que el sentido de su marcha no afectaba al desorden del mundo. Así que subí las escaleras que llevaban al otro lado del andén, para contemplar más de cerca al portentoso ciego.

Tenía una voz áspera, ligeramente aguardentosa. Pensé que a él no lo habían cegado las musas, sino algún dios más inmisericorde, pues tampoco le había sido otorgado el dulce canto. Él debía de pertenecer al común de los mortales y al de los ciegos: los que suplen la ausencia de la vista con una agudeza especial para percibir la realidad a través de las otras antenas de su cuerpo.

Acabó su romance y recogió algunas de las monedas que los viajeros apresurados habían ido depositando en el estuche de la guitarra. Sin duda advirtió mi presencia observadora, porque sin descomponer su figura dijo:

—¿Qué miras? ¿No has visto nunca a uno que no ve?

En circunstancias normales yo habría desaparecido en silencio. Pero, últimamente, algo había subvertido el orden esperado de los acontecimientos, y me sorprendí a mí mismo enunciando una respuesta poco verosímil:

—Me ha gustado su poesía.

Por entonces yo no había leído aún el *Lazarillo* y desconocía el adjetivo «sagacísimo» aplicado a un ciego. Aquél lo era, pues respondió sin vacilar:

—Has dicho tres mentiras en cinco palabras.

Enrojecí. De algún modo debió de percibir mi rubor o mi sorpresa, y aclaró:

—Tres. O, si prefieres, dos errores y una mentira, a saber: ni es una poesía, ni es mía, ni te ha gustado. Es un romance de ciego, y no lo he escrito yo, aunque alguno de

sus ingredientes lo he salpimentado a mi manera. A tu edad deberían haberte enseñado ya esas cosas. O haberlas aprendido por ti mismo. ¿Cuántos años tienes? No, no me lo digas —me interrumpió antes de que pudiera abrir la boca.

Paseó su mano derecha, inesperadamente suave, por mi cara y mi cabeza. Dijo:

—Apostaré a que pasas de quince y no llegas a diecisiete.

De pronto pareció recordar algo y, con su imperturbable continente de estatua, observó:

—Entonces… ¿no deberías estar en el instituto a estas horas?

—Tal vez debería —repliqué con impensado aplomo—. Pero no estoy. No me enseñan lo que quiero, y me niego a aprender lo que no quiero.

—¡Mozo voluntarioso! —dijo entre dientes, esbozando una sonrisa indescifrable—. ¿Buscas trabajo? Hablaremos de eso luego. Ahora me toca trabajar a mí.

Cogió la guitarra, punteó una melodía burlesca, y empezó a recitar otro romance jocoso, ambientado en una ilusoria isla de Jauja, que tenía algo de paraíso mahometano. Imprecisamente situada «al confín del Océano» —acentuaba Oceáno por el octosílabo—, tenía instaurada la civilización del ocio mucho antes de que lo soñaran los teóricos del 68.

> «*Allí todo es pasatiempo* —cantaba el ciego—,
> *salud, contento y regalos,*
> *alegría, regocijos,*
> *placeres, gozos y aplausos.*»

Lo mismito que aquí.

Acabado el romance, el ciego se dirigió al público indeterminado solicitando una limosna, pues estaba recaudando fondos para sacar billete en alguno de los «diez navíos» que zarpaban aquel año de La Coruña rumbo a la prodigiosa isla.

—Sean generosos —les decía—, siquiera para verse pronto libres de mi presencia.

El tiempo transcurrió con desacostumbrada rapidez. Es posible que el olvido sea una forma piadosa de la falta de voluntad o un disfraz soportable del rechazo: lo cierto es que llegó el mediodía sin que yo recordara mi vago propósito de llamar al Guille. Siempre ha habido lugares y personas de los que uno no quiere acordarse.

El ciego dijo:

—¿Tienes dónde comer? —Como antes, no me dio tiempo a responder—. Supongo que no. Bien. Puesto que tenemos que hablar de negocios, ¿te dignarías compartir un bocadillo con un ciego desheredado de la fortuna? —No aguardó mi respuesta afirmativa—. Muy bien. Pues vámonos a un sitio más tranquilo.

Encerró la guitarra en el estuche y, con él en bandolera, me puso la mano en el hombro para que lo guiase a la estación indicada. No usaba el sencillo bastón plegable de ciego, sino un robusto bordón de peregrino con calabaza incluida, que, aparte de completar su teatral indumentaria, podía resultar una eficaz arma defensiva.

Cinco estaciones después nos detuvimos. Me guió (¿he dicho «me guió»? No sabría decir quién guiaba a quién), nos guiamos hasta la barra de un bar gemelo de aquel en que Cali compró los calamares. Me preguntó qué quería beber. Tuve un momento de vacilación sospechando que desentonaría pedir una coca-cola. Pero el ciego, que parecía adivinar mis pensamientos, dijo:

—Espero que no seas un adicto a la coca-cola. Pan, vino y aceite han sido remedios universales y nunca superados por los norteamericanos. Haremos una excepción con la cerveza, en honor de la diosa Ceres.

Pidió una botella de vino y una cerveza. Metió la mano en un zurrón insondable que llevaba debajo de la capa y sacó una barra de pan más larga que un día sin él. Era un bocadillo aderezado como el hornazo salmantino, que bien podía competir en mi aprecio con el de calamares. Lo partió en dos y me dio una mitad diciendo:

—Un bocadillo es como una barra de platino iridiado: no admite trampa ni engaño. Menos fácil es repartir bien un racimo de uvas: siempre hay alguien que las come tres a tres.

Una vez más advirtió la fragilidad de mis conocimientos literarios y añadió:

—¿No conoces la historia de Lázaro de Tormes? Pues a fe que no te han enseñado cosa de provecho. Conozco un escritor, amigo mío, que no cambiaría el *Lazarillo* por la madre que le parió.

No sé si era el vino o la mucha conversación: lo cierto es que, a medida que disminuía la botella, salpimentaba (era una de sus palabras favoritas) la charla de arcaísmos y gestos teatrales. Cuando terminamos, se sacudió las migas de sus barbas patriarcales y dijo:

—Bueno, al grano. Aunque ahora me ves ciego, no siempre lo fui. Pero desde que lo soy veo mejor muchas cosas. Sólo echo de menos la lectura. Los libros en braille son demasiado voluminosos y me noto algo torpe para aprender nuevas técnicas de lectura. Te contrato para leer un par de horas al día.

—¿Para leer qué?

—Los anuncios del metro, claro.

Supuse que bromeaba.

—Libros, muchacho, libros: ya sólo quiero libros. Bueno, y algún romance más de cuando en cuando: tengo que ampliar el repertorio. En este negocio no se puede estar siempre en el mismo lugar ni dar la misma función.

—¿Qué libros quiere leer?

—Hay tres clases de libros: los que no has leído ni hace falta que los leas; los que empezaste a leer una vez por equivocación y no tuviste el valor de abandonar en la página merecida, y los que lees y relees como quien visita al amigo o a la amada. En algún lugar de este triángulo ideal habría que situar las excepciones: los que no has leído, pero alguien de quien te fías te recomienda que leas. Estos últimos, como los amigos y las amadas, suelen ser fuente de consuelos y también de decepciones. Tú sólo me leerás los que yo he canonizado y las sorpresas que tú mismo quieras depararme.

—¿Cuándo empezamos?

—Cualquier día es bueno, y mañana tan bueno como pasado. Y además está más cerca. No tengo estación fija, pero suelo acaecer por una de éstas. El que busca halla. Guíate por el olor de la guitarra y por el sabor de los romances. En alguna ocasión me bautizaron «el ciego de los romances».

Vi la hora en el reloj del otro andén. El tiempo había pasado muy de prisa.

—Perdone —le dije—, pero he quedado con una amiga mía.

—Nunca hagas esperar a una mujer: ese privilegio queda reservado para ellas. Por lo menos hasta la boda —añadió con un deje de cinismo.

Lo imaginé guiñando un ojo, de no haber estado ciego. Me despedí hasta el día siguiente.

Subí corriendo las escaleras, pero Cali se me había adelantado. En circunstancias normales, Cali podría haber dicho algo así como «Jo, tío, un poco más y me abro». Pero últimamente, ya digo, algo había subvertido el orden esperado de los acontecimientos, y dijo con su mejor sonrisa no exenta de ironía:

—El mundo al revés. Ahora son los caballeros andantes quienes hacen esperar a las damas.

—Lo siento.

—Y yo, porque, hablando de caballeros andantes, vas a tener que leer el *Quijote*. La de lite nos ha dicho hoy que una pregunta cae fijo. En el supuesto de que te interesen cosas tan poco sublimes como aprobar el curso, claro.

—¡Joder! —se me escapó: ante ella no solía usar ese registro—. ¡Pero cómo se puede leer ese rollo!

—Pues yo lo he leído y no me ha pasado nada.

—Tú no eres de este mundo.

—Don Quijote tampoco. A lo mejor me gusta por eso. Creo que hasta se parecía un poco a ti. Estaba tan poco conforme con el mundo que le tocó vivir, que decidió arreglarlo todo a mandobles y lanzadas. Por cierto, ¿sabes lo que es un mandoble?

—No necesitas llamarme ignorante tantas veces al día para que me lo crea. Y tú, ¿sabes tú lo que es un ciego?

Ahora fui yo quien la sorprendí. Le conté mi aventura con el ciego de los romances («*por cierto* —dije—, ¿no vas a preguntarme si sé lo que es un romance?») y mi compromiso laboral con él. Cali pareció sumamente interesada por la aventura y no dejaba de preguntarme detalles secundarios que yo consideraba irrelevantes.

—Pues a ver si me presentas mañana a ese portento —dijo—. *Por cierto,* vas a tener que espabilar si es tan letrado como dices.

—Para empezar, creo que no me importaría leer el *Lazarillo*...

—¡Lo que no ha conseguido una legión de profesores!

Me miró de tal modo que aquella noche me sentí con ánimo para leer la biblioteca de Alejandría.

7
El romance

Mi padre tampoco volvió aquella noche. En circunstancias normales cualquier otra mujer habría llamado a la policía o al hospital. Pero, últimamente, el orden esperado de los acontecimientos estaba sin duda subvertido, y mi madre ignoró el teléfono. Yo seguía sin saber cómo atar todos los cabos de la historia, si es que quedaba alguno suelto por atar.

Mi madre me recibió sin hostilidad. Esta reincidente subversión del orden esperado de los acontecimientos alcanzó a la cena, pues, en circunstancias normales, yo habría cenado solo, precedido a lo sumo de un displicente «ahí tienes la cena». Aquella noche mi madre puso el mantel y cenamos juntos. En silencio, algo desconcertados, esquivando las miradas furtivas que inevitablemente se cruzaban por efecto de tan anómala cercanía. A los postres (¿quizá debería añadir que había arroz con leche condensada, una especialidad que de puro antigua yo había ya olvidado?), quebré el silencio con una pregunta inesperada:

—¿No hay un *Lazarillo* en toda la casa?

—¿Un *Lazarillo?* —preguntó mi madre, perpleja.

—Un *Lazarillo* sí. Quiero leer el *Lazarillo,* ¿qué pasa?

—¿Que quieres leer el *Lazarillo?* —hizo un mohín de sorpresa—. ¡Milagro!, dijo el cura.

—¿Qué cura?

—Nada, cosas mías.

A la mañana siguiente salí con mi acostumbrada mochila, camino del metro, que coincidía con el del instituto. Pensaba pasar antes por una librería para comprar una edición del *Lazarillo* y leérmelo antes de encontrarme con el ciego.

Alguien se me había adelantado. Vi en el buzón un sobre que no estaba la noche anterior. Venía a mi nombre. Lo abrí.

Había un ejemplar de *La vida de Lazarillo de Tormes y de sus fortunas y adversidades.* Era un libro usado, con subrayados en azul y rojo, y anotaciones marginales a lápiz. Supuse que habría sido adquirido en una de aquellas librerías de viejo que yo nunca visitaba. Me apresuré a llamar a Cali, con la esperanza de que no hubiera salido todavía.

Oí su voz, acariciadora e irónica como «la hija de la mañana, Aurora de rosados dedos», la vieja metáfora homérica que nadie como ella supo nunca utilizar.

—Hola, madrugador y amigo de la caza.

—Cali, tía, no vuelvas a hacerlo. Te lo agradezco mucho, pero no te gastes la pasta para hacerme la biblioteca ideal.

—¿De qué me estás hablando? Ya sabes que a estas horas de la mañana no estoy muy despierta.

—¡De qué te voy a hablar! Pues del *Lazarillo*. Espero que me quede sólo un deseo, porque estoy a punto de pedir un submarino.

—¡Qué decepción! Creí que ibas a aprovechar el tercer deseo para pedir el *Espasa*.

Hubo un silencio al otro lado del aparato. Me imaginé a Cali pensativa, tal vez achinando los ojos un poquito. Luego dijo:

—¿Cuándo supiste que los Reyes Magos no existían?

—A los ocho años. Fue el Guille. Me dijo que eran los padres.

—Ya se las sabía todas, ¿eh? Pues mira: creo que ocho años después es una buena edad para volver a creer en ellos. Yo soy reina, pero ni tengo camello ni tú chimenea. Y me voy, que llego tarde.

Colgó.

Preferí no entrar aún en el metro. Busqué un banco tranquilo y empecé a leer el *Lazarillo*. Estaba decidido a no presentarme ante el ciego sin haberlo leído antes. Fue más sencillo y más divertido de lo que creía. Además, el dueño anterior del ejemplar debía de tener un peculiar sentido del humor, a juzgar por las anotaciones procaces o irreverentes que había ido sembrando por los márgenes.

Las propias anotaciones orientaron mi lectura en un sentido. A veces me provocaron la risa, aunque entonces echaba de menos a Cali. Tuve la certeza de que un libro compartido duplica su gozo. Con todo, el tiempo había transcurrido con inusitada rapidez. Tanto, que volví a maldecirme cuando oí una voz conocida a mi espalda:

—Hola. ¿Cómo sigue tu padre?

«¡La de lite! ¡Pero cómo se puede ser tan imbécil!», pensé.

—Así, así —dije—. No nos han dado muchas esperanzas.

—Ánimo, hombre. —Dirigió una mirada al libro—. Me alegra ver que, a pesar de todo, aprovechas el tiempo.

Se despidió. Pero yo había perdido las ganas de encontrarme en ese momento con el ciego. Aprovechando que Cali quería conocerlo, quedé con ella para ir a verlo por la tarde.

No nos fue difícil encontrarlo. Cuando nos acercábamos, oí un explícito acorde de guitarra, que lo mismo podría ser la obertura de un romance no empezado que el final de otro concluido. El ciego advirtió mi presencia antes incluso de que yo hablara y dijo:

—Mal principio para una sólida relación laboral. El primer día, y ya llegas tarde.

—Lo siento. Me he entretenido con un ciego, un escudero y toda suerte de clérigos, frailes, capellanes y arciprestes.

—¡Agudo tú! No, si no hay como ser mozo de ciego. Preséntame a tu amiga.

—¿Cómo sabe que es una amiga?

—No hay como ser ciego de mozo. Las mujeres huelen de modo inconfundible.

—Es mi amiga Cali.

—Debería tocarla para hacerme cargo de su figura. Pero, tratándose de una dama, me conformaré con imaginarla. Encantado, Cali.

—Lo mismo digo.

—Bueno —cambió de tono el ciego—. Acabadas las ceremonias, vayamos a lo nuestro. Busquemos un sitio menos transitado, y empieza por leerme este romance que tengo que memorizar para incorporarlo al repertorio.

Sacó unos papeles de su zurrón inagotable, y leí:

I

En un lugar de la Mancha
vivió una vez cierto hidalgo,
amigo de madrugar
y a leer aficionado.
No conforme con el mundo
que le había deparado
la fortuna, dio en pensar
que podría mejorarlo.
Y, hallando en sus viejos libros
el modelo imaginado,
pensó hacerse caballero
como en los tiempos pasados.
Y aunque a la sazón tenía
no menos de cincuenta años,
limpió una vieja armadura
—que alguien llevó batallando
en alguna de las guerras
de nuestros antepasados—,
hizo una celada rústica,
y de este arte pertrechado,
con una herrumbrosa lanza,
un escuálido caballo
y una dama imaginaria,
salió a buscar por los campos
desventuras o aventuras,
que eso no está averiguado.
Vino a dar en una venta,
donde un ventero bellaco
fingió armarle caballero,
pero lo hizo por escarnio.

Salió el hombre de la venta
«tan contento, tan gallardo,
que el gozo le reventaba
por las cinchas del caballo».
Quiso el azar o el destino
que encontró al cabo de rato
un labrador que azotaba
con su pretina a un muchacho.
Y, viendo que allí venía
su oficio pintiparado
de reparar la injusticia,
socorrer al desgraciado
y remediar los abusos
del poderoso arbitrario,
libró al «delicado infante»
del látigo despiadado
(aunque, en cuanto dio la vuelta,
volvió a azotarlo el villano).
Por proclamar la belleza
ante burlones prosaicos,
fue apaleado por unos
mercaderes toledanos.
Mas no se arredró por eso;
que, a su casa trasladado,
salió por segunda vez
algo mejor equipado,
con las alforjas provistas
y un escudero en su asno.
Empezó su vida pública,
con corazón esforzado,
atacando a unos equívocos

gigantes amolinados
o molinos giganteos,
que esto nunca quedó claro.
Cenó con unos cabreros,
y entre bellota y tasajo
habló de la Edad de Oro,
de aquellos siglos dorados
en que bondad y virtud
borraron del diccionario
las palabras *tuyo* y *mío,*
frente a estos tiempos ingratos.
Prosiguiendo su camino,
llegaron a un verde prado
y, por dimes y diretes
entre yeguas y caballos,
unos arrieros yangüeses
a los dos apalearon.
Cerca del anochecer,
molidos y derrengados,
alcanzaron una venta,
en donde fueron bizmados
y en la que hizo el caballero
un salutífero bálsamo,
que así como a él le alivió,
le dejó al otro baldado.
Y, por si eso fuera poco,
se fue sin pagar el amo
(pues jamás un caballero
se vio que pagara el gasto),
y unos alegres truhanes
mantearon al criado.

Otra vez en campo abierto,
y en su mundo imaginario,
creyendo que eran ejércitos
alanceó dos rebaños;
los pastores con sus hondas
de tal guisa le acertaron,
que le rompieron las muelas
y me lo descalabraron.
Pasaron aquella noche,
como otras, en descampado,
cuando un estruendo terrible
los dejó sobresaltados,
y el escudero, de miedo...
pero mejor me lo callo,
pues aquí es donde se dijo
que «peor es meneallo».
La bacía de un barbero,
por arte de su ideario,
en el yelmo de Mambrino
mudó como por ensalmo.
Liberó a unos galeotes,
que luego le apedrearon.
Se adentró en Sierra Morena,
donde el rucio le robaron
al bueno del escudero,
que desde entonces fue andando,
hasta que quiso el azar
que recuperase el asno.
Entre aquellas duras peñas,
el discreto enamorado
hizo dura penitencia

de amor, y pasó ayunando
«entre suspiros y versos»
y yerbas tres días largos.
Asistió a varias historias
de amores y desengaños,
vio destinos que se cruzan,
seres ruines y bizarros,
y supo hablar de las armas
y las letras con gran tacto.
Pero el cura y el barbero
de su pueblo, poco dados
a delirios generosos
y a los ajenos cuidados,
salieron una mañana
tras el rastro del hidalgo
y llegaron a la venta
de marras, donde entre engaños,
equívocos y ficciones
al caballero enjaularon,
y en una lenta carreta
al pueblo se encaminaron.
Según iban de camino
un canónigo encontraron
con quien charlaron de libros,
caballeros y teatro,
de «escritura desatada»
y otros juegos literarios.
Por malas artes del cura
y el barbero encapuchados,
llegó finalmente al pueblo
el caballero enjaulado.

II

Un mes estuvo en la cama
con muchísimo sosiego,
departiendo de mil cosas
con el cura y el barbero.
Pero su idea primera
no lo abandonó un momento
—y más viéndose en un libro
doce mil veces impreso—,
y tercera vez salió
seguido de su escudero.
Aquí empezó la tragedia
de nuestro buen caballero,
pues, yendo a ver a su amada,
los términos se invirtieron,
y le encantó a la señora
el socarrón escudero,
volviéndola en una fea
labradora en su jumento.
Un carreta de cómicos
con personajes diversos
nos demostró una vez más
cuán sutil es, en efecto,
la frontera que separa
la realidad del sueño.
Una noche inesperada
topó con un caballero
y por cuestión de hermosuras
se desafiaron luego.
Llevaba el desconocido

por nombre el «de los Espejos»
y, contra todo pronóstico,
fue vencido por el nuestro.
Pero oíd con atención,
porque el tal de los Espejos
no era sino un bachiller
del mismo lugar manchego,
así que se hacía cruces
nuestro caballero viendo
cómo los encantadores
le trocaban los sucesos.
Pero él siguió convencido
de la bondad de su intento
y, como símbolo vivo
de la virtud y el esfuerzo,
desafió a unos leones
que traía un carretero,
que, perezosos, ni osaron
descender a campo abierto;
explicando su conducta,
departió con un discreto
Caballero y con su hijo
de caballería y versos.
Puso paz en una boda
en que un pobre con ingenio
le sopló la dama a un rico,
cuyo más notable mérito
no era tanto su linaje
cuanto su mucho dinero.
Entró en la famosa cueva
de Montesinos, incierto

de si lo que había visto
era realidad o sueño.
En una venta encontró
un famoso titerero
con el que por un retablo
tuvo sus más y sus menos;
y según después se supo
era el tal Maese Pedro
uno de los galeotes
que libertó el caballero.
En su peregrina andanza
llegaron al río Ebro:
un barco los esperaba
en el que montaron luego,
y, pues estaba encantado,
con la duda quedaremos
de si el conjunto que hallaron
al final de su trayecto
era castillo o molino,
demonios o molineros.
Y en este instante comienza
la pasión del caballero,
pues, habiendo coincidido
con unos duques soberbios,
fueron objeto de burlas
y vejaciones sin cuento.
(Y no fue la menor de ellas
convencer al escudero
de que tenía que darse
tres mil azotes trescientos
para librar del encanto

a aquella dama de ensueño,
habiendo sido el artífice
del donoso encantamiento.)
Pero el hombre de la Mancha,
que tuvo apodo de Bueno,
todo aquello lo sufría
con dignidad y silencio,
y sólo se desató
con un irritable clérigo
que se permitió llamarle
tonto, a lo que el caballero
respondió:
—Mis intenciones
a buen fin las enderezo,
que es el de hacer bien a todos
y mal a nadie: si el que esto
entiende y obra merece
ser llamado bobo y necio,
díganlo los generosos,
los magníficos, los buenos,
no los ruines eclesiásticos
ni los estudiantes hueros.
Una vez más se mezclaron
la realidad y el sueño:
recorrieron las estrellas
a lomos de *Clavileño;*
hubo un torneo amañado
que Cupido dio resuelto;
tuvo el criado su ínsula
y gobernó como bueno,
no sin antes advertir

con su caletre discreto
cuán improbable resulta
ver un gobierno perfecto.
Del calvario de los duques,
más que palacio, salieron
los burladores burlados,
y los burlados contentos
de su libertad, el don
más preciado de los cielos.
Tras un encuentro imprevisto
con extraños bandoleros,
llegaron a Barcelona
por desusados senderos.
A la vista de la playa,
sobrecogido y suspenso,
a caballo, como estaba,
pasó la noche en silencio.
Y, al surgir el sol del agua,
caballero y escudero
contemplaron asombrados
el mar, la playa y el puerto.
Pero en esta vida todo
fluye y nada se está quieto;
y, saliendo una mañana
por la playa de paseo,
un tal de la Blanca Luna
desafió al caballero,
le derribó del caballo
y le venció sin remedio.
(Era el de la Blanca Luna,
como se descubrió luego,

el vencido bachiller
llamado de los Espejos.)
Desengañado, abatido,
desarmado y polvoriento,
volvió a su aldea cercado
de negros presentimientos:
fue burlado en el camino,
pisoteado de cerdos,
y adivinó su destino:
vivir loco y morir cuerdo.
Pues a poco cayó malo
y fue parecer del médico
que le acababan la vida
tristeza y desabrimientos.
Vio llegar su última hora
y antes hizo testamento,
con lo que deudos y amigos
todos quedaron contentos,
«que el heredar algo borra
o templa en el heredero
la memoria de la pena
que es razón que deje el muerto».
Murió como todo hombre:
sin ver cumplido su sueño.
Era el suyo establecer
en este bajo universo
la caballería andante,
ese divino reflejo
que, como el amor, iguala
los señores y los siervos.

—¡Ostras! —dijo Cali, divertida, cuando acabé de leer el romance, que me pareció excesivo incluso para la portentosa memoria del ciego—. Pues le ha sacado usted a éste de un apuro. No sabía cómo hincarle el diente al *Quijote*, y casi le ha dado la tarea hecha. Por cierto, ¿puedo preguntarle quién es el autor de esa maravilla?

—No hagas preguntas impertinentes, muchacha. Los romances de ciego siempre son anónimos.

—Menos mal —dijo Cali enigmáticamente.

Nos despedimos hasta la próxima lectura.

—Me gusta ese ciego —dijo Cali cuando nos quedamos solos.

Volví a casa más pronto que otras veces y de mejor humor. Al acabar de cenar dije a mi madre:

—Gracias por el *Lazarillo*.

Percibí en su mirada una indefinible mezcla de culpabilidad y reproche, pero no respondió.

Ahora, a veinte años de distancia, conozco lo traidoras que pueden resultar las palabras más inocentes.

8
Las navajas

Con la rapidez de los últimos acontecimientos, confieso que había olvidado al Guille. Pero él no me olvidó. Debió de extrañarle mi prolongada ausencia, seguramente porque no esperaba de mi natural pacato y encogido, y desde luego poco pendenciero, un enfrentamiento tan directo al orden establecido. Fue él quien me llamó. Cogió el recado mi madre.

No era éste el menor de los misterios. Mi madre y yo seguíamos en silencio, un silencio diría yo pacífico, como si hubiéramos establecido un tácito armisticio, pues no había vuelto a gritarme ni a echarme nada en cara. Y, sin embargo, tenía que haberle llegado del instituto alguna carta dándole cuenta de mis reiteradas faltas, porque mi alejamiento de casa no me permitía controlar el correo para evitar que cayera en sus manos.

Yo seguía leyendo para el ciego. No teníamos horario establecido, ni duración de las lecturas: el «par de horas» vagamente pactado se alargaba o encogía de imprevisto, y él elegía los libros «canonizados» al azar. ¿O aquel estudiado desorden obedecía a un orden secreto, para mí indescifrable? Lo cierto es que mi ciego, que sin duda debía de tener espíritu de profecía como el otro, parecía adivinar cuándo era yo lector de oficio y cuándo quedaba atrapado en algún laberinto de la historia. Si presentía que me acechaba el fantasma del aburrimiento, con una notable destreza simulaba que se acababa el tiempo, y el libro no volvía a aparecer. Otras veces, aunque sabía que me apasionaba —o precisamente por ello—, interrumpía la lectura en el momento más emocionante, como si quisiera asegurarse mi regreso.

El Guille apareció durante una de aquellas interesantes sesiones de lectura que se prolongó más de lo esperado. Traía un aire de valentón y perdonavidas que no me gustó ya desde el momento en que lo divisé al otro extremo del andén. El ciego, que como ya he dicho tenía un sexto o séptimo sentido sumamente desarrollado, por las pausas y quiebros de mi lectura advirtió que algo no iba bien. Tal vez se acentuó su rigidez, pero sin darse por enterado dijo:

—¿Qué sucede, muchacho? ¿Se han rebelado las comas? ¿O es que el pupilo quiere ser tutor? Como le dijo Virgilio a Dante, tú mira y pasa.

Seguí leyendo con cierta inseguridad. El Guille se acercó y dijo:

—¡Vaya! ¡Mira dónde está el huelguista! Y nosotros preocupados por el coco que se perdía el curso... ¡No te jode!

Tampoco me gustó su tono. Dije simplemente:

—Qué quieres.

—Nada, hombre. Simplemente me preocupaba por tu salud.

—¿No me presentas? —intervino el ciego.

—Es el Guille, un compañero de curso.

El ciego tendió la mano en el aire en dirección al Guille. El Guille ignoró el gesto.

—Éste es el de las matrículas, ¿no? —dijo el ciego con aquella ironía soterrada que yo tan bien conocía.

—No sabía que ahora te dedicaras a la tercera edad —dijo el Guille—. ¿Piensas poner una residencia?

—Déjalo ya, Guille. No apareciste cuando te necesitaba, desaparece ahora que no te necesito.

—Espero que el viejo te haya nombrado en el testamento —dijo a la vez que se marchaba.

Noté que el ciego tensaba los músculos en silencio. Pero en su imperturbabilidad sólo dijo:

—Punto y aparte. Ha llegado la hora de comer.

Sin duda estuvieron al acecho. A mediodía, cuando solíamos retirarnos a lugares menos frecuentados para charlar a gusto y comernos aquellos inimitables bocadillos que el ciego preparaba con tanta variedad como arte, ocurría que durante cierto tiempo podíamos permanecer aislados del flujo de las horas punta. Eran tres. El Guille venía en el centro. No conocí a los otros dos.

—Creo que deberíamos irnos —dije al ciego.

Pero el ciego husmeó el aire y modificó su posición, como si pretendiera salir del radio de acción de las cámaras de vigilancia. Quizá la simetría le empujaba a buscar su punto homónimo. Guardó el resto del bocadillo en el zurrón, mientras empuñaba el bastón con la otra mano.

—Hola —dijo uno de los dos desconocidos—. Creo que es ésta la sucursal del banco que buscábamos. ¿No dijiste que había un mamarracho de cajero?

—¡Estaos quietos! —grité, dirigiéndome al Guille sobre todo—. ¿No veis que está ciego?

—Apártate —dijo el ciego, echándome hacia atrás rápidamente con el brazo.

Sacaron dos navajas. Con una celeridad increíble, el formidable bastón del ciego había golpeado el brazo de uno de los agresores, y la navaja salió despedida a las vías. No pudo evitar la otra, que se hundió blandamente en su brazo izquierdo. Pero el ciego, que nunca acababa de sorprenderme del todo, extrajo de su imprevisible zurrón un arcaico revólver de proporciones desmesuradas y, apuntando al navajero, dijo:

—¿Sabes, cerdo? Hueles tan mal que percibo tu hedor a treinta metros. Pero, como estoy ciego, a lo mejor te apunto a la cabeza y te doy en la barriga. Es una mala cosa. Seguramente lo sabes por las películas del Oeste. ¡Largo de aquí, hatajo de gilipollas!

Todo ocurrió con increíble rapidez. Resultó tan imprevisto, tan forzado, que ahora, en la distancia, parece que tiene algo de irreal. Lo cierto es que se fueron. Sin duda no esperaban la reacción del ciego. Y se fueron.

Cuando aparecieron los primeros pasajeros desprevenidos, se había restablecido la calma. Su brazo sangraba.

—Voy a llamar a la policía —dije.

—¡Quieto! Deja que la policía entierre a la policía. Esto no es nada, ni es asunto suyo. Tú vete de aquí.

Me quedé mirándolo, con ese aire de orfandad que a veces nos acecha ante el espejo, sin saber qué hacer ni qué decir.

—¡Vete! —me gritó—. Un lazarillo debería conocer siquiera un versículo de la Biblia: «Maldito quien desvíe a un ciego de su camino.» Anda, vete —repitió con una inesperada dulzura tras el grito.

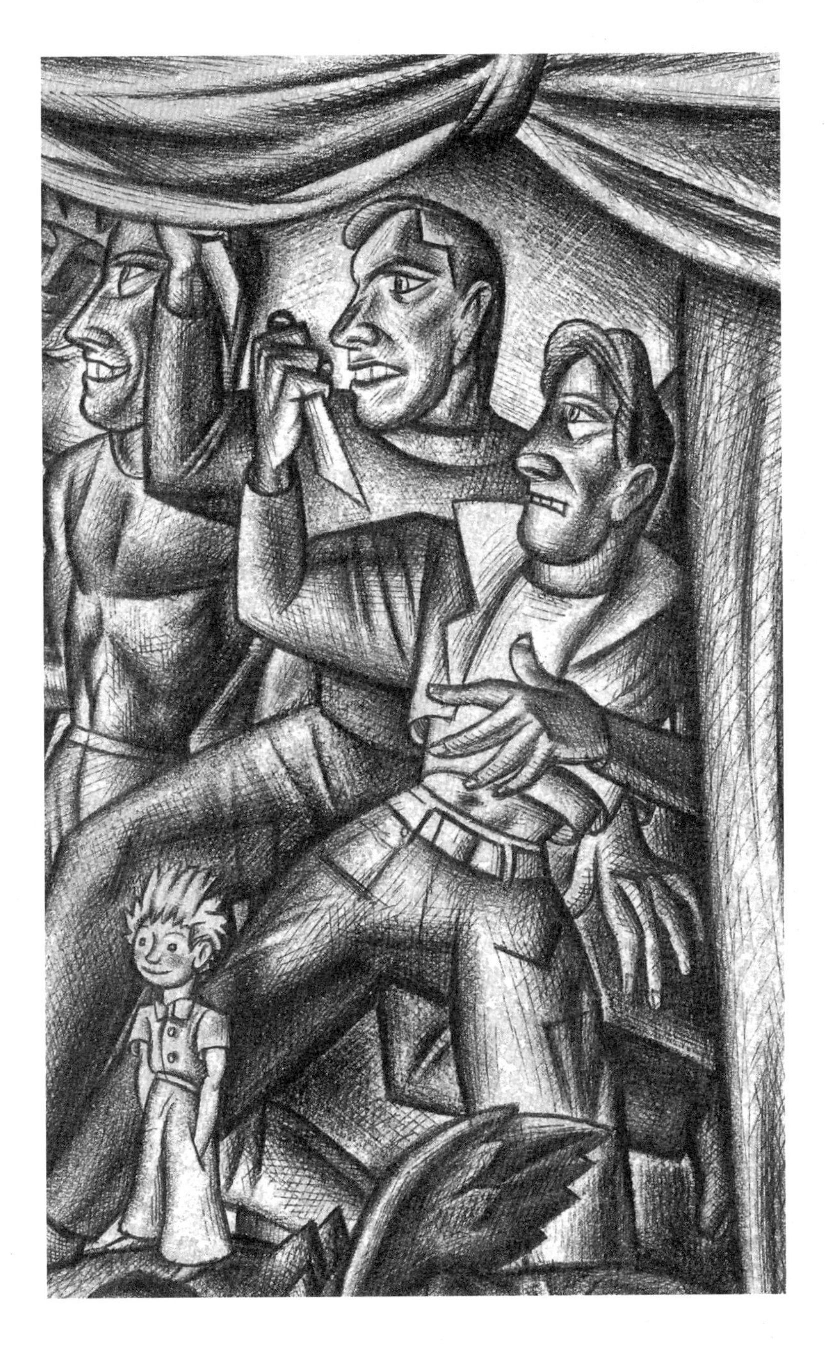

Y con una rapidez insospechada, guiado por aquel poderoso bastón que parecía tener ojos, en un abrir y cerrarlos desapareció en dirección contraria. Deduje que no era prudente quedarse allí a responder preguntas que no tenían respuestas convincentes, del mismo modo que no quise presentarme a conocer las de literatura y lengua. Si habíamos tardado tantos años en resolver que sobrevivíamos dando vueltas en una bola, que las daba a su vez en torno a otra y otras, bien podían mis respuestas incompletas esperar hasta septiembre.

En cambio Cali no tuvo que esperarme aquella tarde. Le conté lo ocurrido con el Guille y su cuadrilla. Desde aquel día le puso *Guillette.* El apodo corrió por el instituto. Pero el Guille era demasiado imbécil para adivinar todas las malévolas connotaciones que el ingenio de Cali había descubierto o incorporado al sufijo.

9
El verano

Cuando lo extraordinario se convierte en habitual, deja de ser extraordinario. Durante una semana no vi al ciego; no aparecía en los lugares acostumbrados, y empecé a temer que la herida del brazo hubiera sido más grave de lo que él intentó aparentar. Sin embargo, cada mañana mi buzón se había convertido en una especie de zapato mágico que contenía los objetos más dispares y menos esperados. Cali, que seguía sustentando la pintoresca teoría de los Reyes Magos, me sugirió que leyera *Matar un ruiseñor,* ya que no recordaba haber visto la película de Robert Mulligan. Excuso decir que el libro de Harper Lee apareció misteriosamente en el buzón. Lo leí, y comprendí la recomendación de Cali. Me hubiera gustado saberme objeto de una confabulación maravillosa, o haber caído bajo la protección de algún ser tan tímido como Boo Radley que no se atrevía a aparecer.

Durante una semana no vi al ciego. Iba a buscarlo a diario, con cierto aire de abandono, y, agotadas todas las posibilidades del encuentro, me sentaba en un banco bajo una acacia, ante una boca de metro, con la improbable esperanza de que apareciera en el momento menos esperado. Leí *Matar un ruiseñor* a saltos o, por mejor decir, a sobresaltos, acompañado sólo por una simpática escultura viva que representaba a un payaso tocando el violín, mientras derramaba copiosas lágrimas cada vez que alguien echaba su contribución en el platillo.

He dicho que el buzón era una fuente de sorpresas. Abundaban los libros, pero no sólo. Allí apareció un cuadernillo de notas con su bolígrafo y en él mis iniciales; un ex-libris con mi nombre y apellidos; un grabado de autor desconocido, en el que un hombre pequeñito miraba asombrado una luna redonda, inmensa, y al pie un verso de Borges que decía: «Hay que mirarla bien. Puede ser última»; dos entradas para un concierto de jazz, al que invité naturalmente a Cali, porque le encantaba el jazz (y porque la habría invitado lo mismo). Cosas así. Un día encontré un bumerán auténtico australiano *(Australian Returning Boomerang)*, con la siguiente leyenda grabada en español: «No arrojes nada sin saber que va a volver.» Otro día, en fin, un bombón italiano, uno de esos *baci*, que llevan la dulzura del beso ya en el nombre y vienen envueltos en un aforismo en cinco lenguas. Aquél decía: «El objeto de nuestro amor es el centro de un paraíso.» Y firmaba Novalis, un autor del que yo nunca había oído hablar. Cosa que, todo hay que decirlo, tampoco resultaba tan extraña.

Por fin apareció el ciego y, sin aludir para nada a los acontecimientos pasados, le pregunté solamente por Novalis. Me dijo que fue un romántico alemán de finales del siglo XVIII, que murió a los veintinueve años. Me regaló otro aforismo suyo, por el que —dijo— ya habría merecido pasar holgadamente a la posteridad: «Cuando soñamos que soñamos, estamos empezando a despertar.»

Y añadió:

—Pero, si te ha gustado el primero, emparéjalo con otro de Mark Twain. No sólo escribió el ciclo de las aventuras de *Tom Sawyer* y de *Huckleberry Finn* que tanto te ha gustado. También nos legó un Adán que escribió un diario y puso el siguiente epitafio en la tumba de Eva: «Donde ella estaba, estaba el paraíso.»

Pensé en Cali y supe que era cierto. Y no sólo eso: aquella tarde gané por primera vez una batalla. ¡Cali no conocía los diarios de Adán y Eva, de Mark Twain! Me despedí de ella apresuradamente con la intención de regalarle el libro y hacer yo de Rey Mago por un día. Recorrí todas las librerías a mi alcance hasta que cerró la última. Los esquivos fragmentos del *Diario de Adán* y del *Diario de Eva* parecían estar agotados por doquier. No conseguí encontrar un ejemplar. Apenas me sorprendió hallarlo al día siguiente en mi buzón.

Estábamos leyendo *Los novios,* de Manzoni. El demonio del ciego, que había reparado en mi creciente afición por las historias de amor, puso en mis manos aquel volumen de mil páginas diciendo:

—Ah, ésta fue una de las novelas de mi juventud. Dieciséis años tenía cuando la leí. Pero, tranquilo, no te voy a torturar con este tocho. Me conformaría con que me leyeras el final del capítulo primero, cuando llegan los matones a prohibir al cura don Abundio que case a Renzo y Lucía. ¿Te imaginas? Me parece que uno de ellos empezaba diciendo: «Señor cura…»

En efecto, empezaba diciendo: «Señor cura…» El ciego, tan inexpresivo de ordinario, parecía paladear con fruición los sobresaltos del pobre don Abundio, y cuando los bravoneles se despidieron de él con la amenaza de muerte en los ojos, el ciego, como si estuviera comido de impaciencia, dijo:

—Sáltate, sáltate esas cinco o seis páginas y llévame en seguida a su entrevista con Perpetua (Perpetua es el ama de don Abundio, ¿sabes?) y luego a los apuros que pasa el cura para decirle a Renzo que no puede casarlo con Lucía...

Se frotaba las manos con una delectación envidiable, y hasta se le escapó el bordón, que estuvo a punto de rodar hasta las vías. Cuando llegué a la sentencia de Perpetua: «Mala cosa es nacer pobre, querido Renzo», comentó en voz baja: «¡Y qué verdad es!» (Aunque luego masculló entre dientes: «¿Será mejor nacer rico?») Y, en fin, poco antes del final del capítulo segundo, al llegar al grito de don Abundio: «¡Perpetua! ¡Perpetua!»

—Bueno —dijo—, ya he matado el gusanillo. Mañana empezaremos con otro.

—¿Y por qué no continuamos con éste? —apostaré a que esperaba mi respuesta—. Déjemelo esta tarde y mañana Manzoni dirá.

Y así seguimos hasta el capítulo XXXI. Habíamos leído ya tres cuartas partes de la obra, y llegábamos a la historia de la peste de Milán, cuando apareció la profesora de literatura.

—Hola —era su monocorde saludo—. ¿Cómo sigue tu padre?

—Pues... —dudé un momento; probablemente enrojecí—. Pues..., sigue igual...

—¿Quién es? —intervino el ciego al advertir mis puntos suspensivos.

—Es... mi profesora de literatura...

—Permítame que me presente —dijo el ciego—. El chico está un poco afectado y olvida la cortesía más elemental. Yo soy su tío. La verdad es que mi hermano, dicho sea sin eufemismos, no creo que pase del verano. Y aquí tengo a mi sobrino haciendo de Lázaro: mientras a mí me entretiene, él se ilustra.

—Ya veo. Es la segunda vez que lo sorprendo con un libro en la mano. Aunque —dijo, volviéndose a mí— no te has presentado al examen...

—No se ensañe con el muchacho... —dijo conciliadoramente el ciego—. Está pasando un trago difícil, pero ahora está aprendiendo a un tiempo literatura y vida. Yo, oro ni plata no tengo; lo que tengo le doy: y no es poco eso de levantarse y caminar. Además, como ya usted sabe, avisos para vivir muchos le mostraré. Y no sería el primero a quien un ciego alumbró.

Se despidió amablemente con un «nos veremos en septiembre».

Dije al ciego:

—No era necesario que mintiera por mi culpa.

—¿Y qué querías que dijera? ¿Que llevas haciendo novillos más de un mes?

—Pellas —dije, rencoroso, con intención de actualizar su vocabulario.

—Pellas, novillos, novillos, pellas... Qué más da, si todo es uno. Dejémoslo en novipellas si te place, y novillos a la mar.

No quise decir un hueco «gracias» convencional. En cambio, le hice la pregunta que no me había atrevido a hacer en muchos días:

—¿Puedo preguntarle cómo se llama?

—Pues claro, Lázaro, claro que puedes.

Él me llamaba Lázaro desde aquel temprano día en que, para su sorpresa, le recité un fragmento del *Lazarillo.* Dijo: «Lázaro, engañado me has», y se permitió dibujar el principio de una sonrisa, que en su hermético rostro equivalía a un guiño. En seguida me arrepentí de haberle preguntado su nombre porque temí que me preguntara el mío. No lo hizo.

—Anónimo, me llamo Anónimo.

Sonreí.

—¿De qué te ríes? —dijo en tono suavemente jovial—. ¿No hubo un navegante tan prudente como astuto que se llamó *Nadie?* Soy famoso: no te imaginas la cantidad de libros que he escrito. Yo mismo creo que me he escapado de un par de ellos. Y no creas, siempre habrá alguno que honrará mi nombre. Un concejal de cultura, de cuyo nombre no quiero acordarme, deseoso de instruirse preguntó a un bibliotecario, amigo mío, si tenía algún libro de Hemingway. La biblioteca era reducida, y el bueno del bibliotecario, como pidiendo disculpas, respondió que sólo tenía *El viejo y el mar*. El concejal, entusiasmado, replicó: «Bueno, pues dame *El viejo* y, cuando lo termine, me llevaré *El mar.*» Ése acabará preguntando cualquier día por mí.

El viejo y el mar fue el siguiente libro que leímos.

—¿Podría hacerle otra pregunta?

—Preguntar siempre se puede; responder no siempre se debe.

—¿Cómo aprendió a manejar con tanta exactitud el palo?

—Lo sabrás cuando leamos *El concierto de San Ovidio.*

—Aún tengo otra duda.

—Regateas más que Abraham. Suéltala y que no se te pudra en el estómago como a Sancho.

Hubo una pausa, que resultó embarazosa para ambos, aunque por distintos motivos.

—¿Y la pistola?

—¡Ah, era eso! —dijo, riendo más francamente que de costumbre—. Bah, es de juguete, aunque la tengo un poco maquillada.

Hizo una pausa, que adiviné risueña y a la vez evocadora:

—Me la echaron los Reyes Magos de pequeño...

10
La sorpresa

De todos modos tomamos ciertas precauciones. Nadie ignora que un cobarde humillado es mal perdedor y puede ser más peligroso que un batallador franco. No volvimos a hablar de la aventura; yo ni siquiera le pregunté por su brazo, y aunque, protegido por la impunidad que me otorgaba su ceguera, intentaba descubrir la evolución de la herida, jamás noté nada anormal: él seguía tocando la guitarra con la misma soltura que siempre, sin exteriorizar asomo de queja. Con todo, empezamos a evitar los lugares excesivamente aislados, e incluso durante las horas de lectura salíamos al banco bajo la acacia que durante la semana de su ausencia alivió mi soledad. Tenía la esperanza de ver algún día al estático payaso del violín que acompañó mi lectura de Harper Lee, pero nunca reapareció.

Ahora, a veinte años de distancia, apenas alcanzo a comprender la cantidad de libros que pudo leer, en voz alta y en voz baja, aquel mozalbete que tenía un prejuicio tan adverso contra la literatura. Hubo libros que me cautivaron en seguida, como *Las aventuras de Tom Sawyer* y las de *Huckleberry Finn,* que, adiestrado por el ciego, entreví como las más antimoralmente morales que hayan podido escribirse. O *Los tigres de Mompracem*, o *El misterio del cuarto amarillo*. Me conmovió *Canción de Navidad*, pero anduve fluctuando entre la atracción y la repulsa que me causaba Robinsón. El ciego advirtió mi oscilante entusiasmo y apostilló:

—Menos mal que no te llamas Emilio: te habrías ganado ya un capón de Juan Jacobo —mientras me adoctrinaba sobre la exigua biblioteca que me habría esperado de haber sido Rousseau mi guía ciego.

Hubo libros que desaparecieron injustificadamente (¿o no?) a las pocas páginas de empezados, como *El lobo estepario*. En cambio resistió hasta el final *La peste*, un libro agobiante y esperanzador, que concluía con un conciso aforismo, algo que quizá sólo se aprende en medio de las plagas, a saber: que, a pesar de todo, «en los hombres hay más cosas dignas de admiración que de desprecio». Durante más de una semana estuve fascinado con *El conde de Montecristo*, y aun puedo decir que lo leí dos veces, porque devoraba previamente por la noche lo que leía al ciego al día siguiente. Luego vino *Hamlet*, y no sin causa, pues —decía él—, si Dumas hubiera sido Shakespeare, *El conde de Montecristo* habría sido *Hamlet*. Cierto día leímos *Marianela*; al acabar el capítulo 21, comentó:

—Te lo dije un día, muchacho. A veces los ojos matan.

Del mismo modo, al llegar al capítulo 5 de *La isla del Tesoro*, aquel en que el ciego Pew muere atropellado por un caballo, glosó:

—Ser ciego lo mismo puede llevar a la fama que a la muerte. A ver si recuerdo lo que otro ciego cantó del nuestro. Era un soneto, y dice, dice, si mal no recuerdo…

Lejos del mar y de la hermosa guerra,
que así el amor lo que ha perdido alaba,
el bucanero ciego fatigaba
los terrosos caminos de Inglaterra.

Ladrado por los perros de las granjas,
pifia de los muchachos del poblado,
dormía un achacoso y agrietado
sueño en el negro polvo de las zanjas.

Sabía que en remotas playas de oro
era suyo un recóndito tesoro,
y esto aliviaba su contraria suerte.

A ti también, en otras playas de oro,
te aguarda incorruptible tu tesoro:
la vasta y vaga y necesaria muerte.

A raíz de esto me pidió que le leyera *En la ardiente oscuridad* y *El concierto de San Ovidio*. Eran dos obras de teatro sobre ciegos, y aunque no era mi lectura favorita, las leí con fervor por parecerme que le agradaban. Tras la lectura de *El concierto...* dijo:

—Hace poco me preguntaste sorprendido por mi destreza con el palo. Verás. Cuando yo veía (o veía menos, que eso está por ver), vi *El concierto de San Ovidio* y admiré las evoluciones del ciego David por el escenario. También a mí me sorprendió cómo aquel ciego «pálido y delgado» podía usar sus «bellas manos varoniles» indistintamente para tocar el violín como para blandir un garrote mortal. «Los palos de ciego pueden ser tan certeros como flechas», decía él. Desde entonces soñé con aprender a manejar el cayado con su precisa habilidad oscura. Ahora ya sabes por qué me gusta tanto ese *concierto*... Y lo prácticas que han resultado sus lecciones.

Otro día le dije:

—Me gustó mucho el romance del caballero manchego. ¿No vamos a leer nunca el *Quijote?*

—Tranquilo, muchacho: todo llegará. El *Quijote* es como el botillo berciano: hay que tener buen estómago y comerlo con juicio. De lo contrario, corremos el riesgo de sufrir una indigestión y perder las ganas de repetir. Y sería una gran pérdida.

Todavía leímos *Los viajes de Gulliver,* la *Odisea* y fragmentos arbitrariamente (¿o no?) elegidos de la Biblia. (¿He mencionado ya el raro conocimiento que tenía de la Biblia?) Y, a diario, para desengrasar como él decía, una rima de Bécquer, al que me aficioné tanto que llegué a componer versos a Cali —versos que nunca leyó— en aquel cuadernillo misterioso que apareció una mañana en el buzón mágico de casa.

Por lo demás, el ciego, a pesar de lo que sabía, deducía o adivinaba sobre mí, era sumamente discreto con mi vida privada. Nunca preguntaba nada si yo no le daba pie para ello. Un día en que, de modo anómalo, me sentí inclinado a las confidencias le dije:

—La verdad es que me hubiera gustado invitarle a mi casa alguna vez. Pero..., pero lo cierto es que no me siento cómodo allí. No me atrevo a llevarle invitados a mi madre, y mi padre hace tiempo que se fue...

—No te preocupes por eso: los padres están hechos para desaparecer. Es su obligación —terminó, con esa fina sonrisa de picardía tan característica.

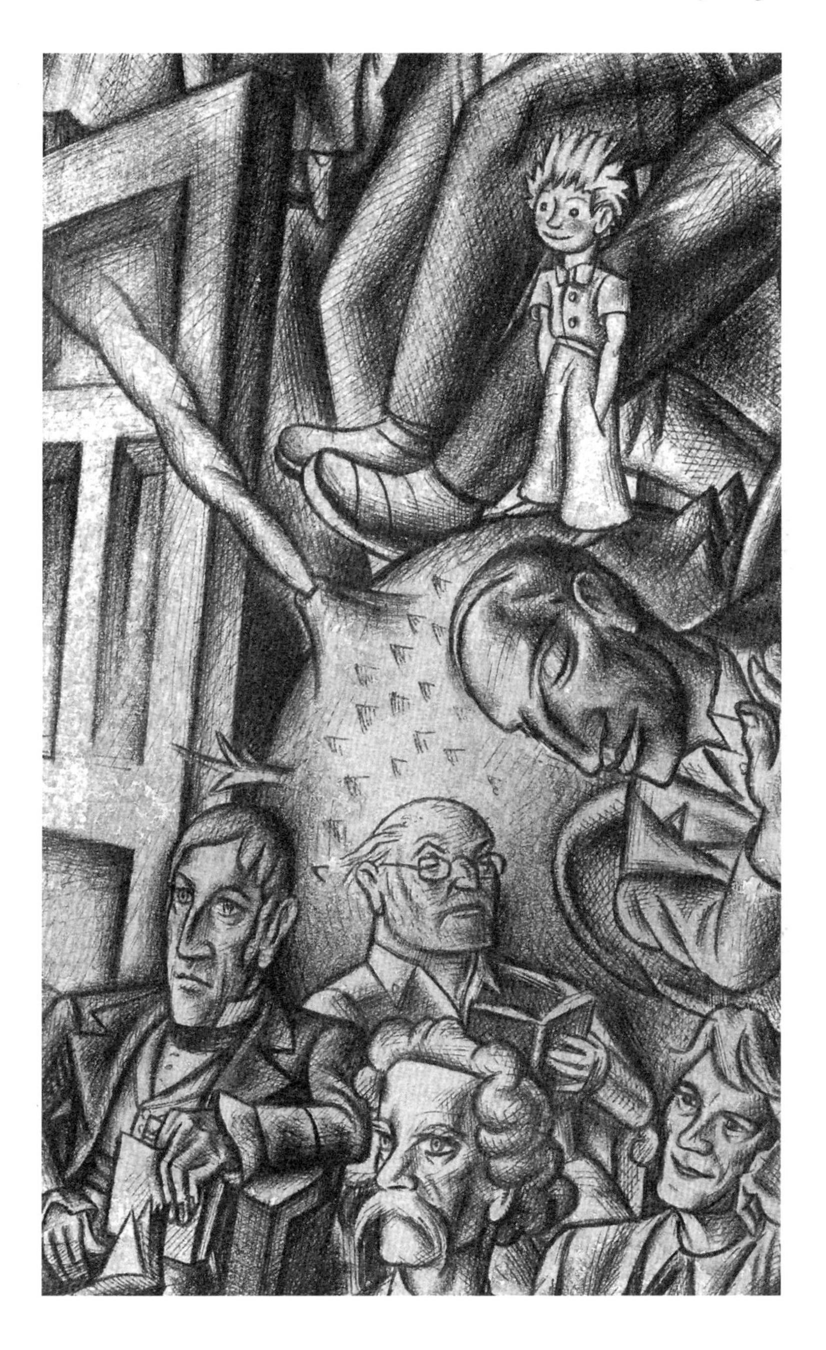

Había otra cosa que me atormentaba, por trivial que pueda parecer ahora. Y era que había prometido sorprenderle un día con mi libro, un libro elegido por mí, del que él no se hubiera acordado, ni remotamente hubiera sugerido. Lo consulté con Cali.

Cali me dijo:

—La mejor manera de sorprenderle es con tu verdad. ¿No has observado que los profesores que más nos obligan a leer son los que menos leen? ¿Y no te has dado cuenta de que los que sienten verdadera pasión por la lectura la transmiten sin necesidad de recomendaciones? La pasión por los libros es como el amor: no puede ocultarse. No intentes engañarlo. Todo el mundo tiene su libro: no me digas que tú no tienes el tuyo. ¿Es posible que no exista un libro que te haya conmovido especialmente?

—Sí, *El principito*.

—Pues a qué esperas para leérselo.

—Ya, pero es que él, como tú, lo sabe todo. Y *El principito* lo habrá leído ochenta veces.

—¿Y qué? Pero ninguna como se lo vas a leer tú.

Se lo leí.

Tardé exactamente una hora y media. Era difícil penetrar en los sentimientos del ciego, pero juraría haber visto escapársele una lágrima bajo las compuertas de sus herméticas gafas negras.

11
Los adioses

A primeros de septiembre supe que mi vida había experimentado un cambio de rumbo que estimaba decisivo. Decidí presentarme a las asignaturas que tenía pendientes. (También tenía pendientes otras cosas. Con Cali.)

Aprobé. Y debo decir que no me sorprendió. O quizá sea más exacto decir que tampoco me hubiera sorprendido lo contrario. Porque el ciego no sólo me enseñó a leer, sino a vivir. Aquellas célebres glosas marginales, que darían para llenar un volumen y que fueron para mí como el tránsito a otra lengua nueva, solían tener un denominador común: el tan traído y llevado *carpe diem*. Solía jugar con el día y las rosas, y tan pronto me decía «coge el día y recoge la rosa», como «coge la rosa sin cortarla y plántala en el día», o incluso «la rosa es sin porqué, no la razones». Y yo pensaba en *El club de los poetas muertos*, que él ignoraba (¿o no?) que yo había leído.

Dos o tres semanas después, al acabar de «desengrasar» con aquella rima becqueriana que concluye: «como yo te he querido... desengáñate, / así... ¡no te querrán!», dijo:

—Hoy vamos a comer de mantel.

Yo sabía que detestaba los formalismos, y me desconcertó aquella velada alusión al restaurante. Pero ya he dicho que él parecía adivinar mis pensamientos. Explicó:

—Ser ciego tiene sus ventajas: no necesitas velas en las mesas, no te afectan los apagones y te perdonan más fácilmente la corbata. Conozco un restaurante modosito, donde no te agobian con reverencias que no deseas, y además se come bien.

Nos condujimos mutuamente al restaurante anunciado y, mientras nos servían un aperitivo de morcilla, croquetas y chistorra, dijo:

—Lázaro, eres un resucitado.

Debió de adivinar que no acababa yo de comprender el juego de palabras. Pero sólo dijo:

—Enhorabuena. Tengo entendido que en literatura incluso has sacado sobresaliente.

—Tuve suerte. ¿Pero cómo lo sabe?

—¿Olvidas que soy tu tío?

Empezamos a comer y seguimos hablando de todo un poco. Las conversaciones con el ciego solían avanzar a través de las más insospechadas asociaciones de ideas y acababan derivando por los más imprevistos derroteros. Hubo una pausa entre plato y plato.

—¿No tiene hijos? —me atreví a preguntarle.

—No. Aunque ya conoces el dicho: a quien el diablo no le da hijos, los dioses le dan lazarillos. —Hizo una pausa picarona y añadió—: Tener hijos es un problema, porque nunca sabes cómo hablar con ellos. Siempre se interpone el fantasma de la edad y la estatura: o por exceso o por defecto. No hay cosa más difícil que decirle a un hijo «Te quiero». Cuando puedes decírselo, no les im-

porta, y cuando les importa, no sabes decírselo. Un amigo mío dice que los hijos únicos son de arte y ensayo. Los demás también. Lo malo es que a los hijos les ocurre algo parecido: siempre llegan tarde. Hijo sí he sido, y puedo asegurarte que cuando quise decirle a mi padre algo importante, ya había muerto.

Las gafas impenetrables del ciego, unidas a su inmovilidad e inexpresividad de estatua, me impedían observar sus emociones. Pero estoy seguro de que algo se había removido en su interior.

—Tampoco hay que dramatizar. Ya te dije en otra ocasión que los padres están hechos para desaparecer. Los hijos, para ser padres: o sea, para desaparecer también. Unos y otros participan de aquella definición urgente en dos palabras que Dostoievski dio del ser humano: ser bípedo e ingrato.

A los postres dijo:

—Lázaro, ha sido un placer conocerte. ¿Sabes? Nunca nadie me había leído nada como tú me leíste *El principito*. —¿Parpadeó debajo de sus gafas?—. A propósito, te debo una semana de sueldo.

—¿Da para invitarle a comer?

—No, no. Esta comida corre a cargo de la empresa —dijo con una sonrisa guasona.

Sucedió una pausa inusualmente larga, como si ninguno tuviera deseos de decir ni de oír lo inevitable.

—Bueno —dijo por fin—. Yo... Yo he agotado mi repertorio por aquí. Creo que un día u otro tendremos que despedirnos.

—Puedo acompañarle —dije sin excesiva convicción. Ambos sabíamos que ahora tenía otro curso por delante.

—A donde yo voy no puedes seguirme ahora. Ya me seguirás más tarde. Además, la historia del mundo es una sucesión de azares. Cualquier día volvemos a encontrarnos en otra estación. El espacio está lleno de ellas.

Tuve el presentimiento de que no volvería a ver al ciego.

Como así fue. Acudí al metro en días sucesivos, pero el ciego desapareció como había venido: con el fragor de algún vagón del metro. Volví a mi banco bajo la acacia, quizá con la incierta esperanza de oír repentinamente en la acera el desacompasado ritmo del bastón. Llevaba un libro, a mi parecer desacertado, que había surgido en el buzón días atrás: *Bambi*. Supuse que ya no estaba en edad de leer esas niñerías. Fui al banco bajo la acacia, con otra vaga esperanza: la de ver siquiera al payaso del violín lloroso. Debía de estar posando en otro sitio. Incluso mi madre llevaba tres noches sin dormir en casa. Parecía una confabulación de ausencias.

Hacía meses que no comía en casa. Aquel día fui. No esperaba encontrar a mi madre, pero allí estaba, tal vez con la tristeza más derramada que de costumbre. A los postres me dio la noticia de que mi padre había muerto.

—¿Cómo ha sido? —pregunté con una rara sensación de curiosidad e indiferencia.

—Tenía algo malo.

—¿Y dónde ha estado todo este tiempo?

—En su infierno particular, del que hizo un cielo —dijo mi madre de modo sorprendente—. Una especie de sanatorio.

—¿Por qué no me has avisado?

—¿Era necesario? Además, ya no habrías podido cambiar nada.

—Tú sí que has cambiado —dije con un remoto acento compasivo.

—Claro. Todos hemos cambiado. Todos tenemos que aprender alguna vez que en este mundo casi nada es lo que parece. Lo que pasa es que solemos aprenderlo demasiado tarde.

Hice entonces una pregunta que jamás pensé hacer:

—¿Te engañaba?

—¿Y qué es engañar? —dijo mi madre sin esperar respuesta.

Por la tarde quedé con Cali en una heladería italiana. Estaba extraordinariamente hermosa en su sencillez, con esa belleza exenta de aditamentos que produce la luz cuando ilumina desde el interior. Y, mientras tomábamos un helado de pistacho y otro de frambuesa, le conté las últimas vicisitudes, desde la despedida del ciego hasta la reciente noticia de la muerte de mi padre. Dijo:

—Lo siento. Aunque podría haberte sucedido en peor momento. Hace cuatro meses, por ejemplo, todo habría tenido un significado diferente. Por cierto…

—Temo tus *porciertos*.

—¿Has leído *Bambi?*

—No deja de ser una coincidencia que me lo preguntes ahora. Pero no. No leo libros de niños.

—Error. Hay un capítulo en que el corzo viejo, ese corzo que siempre parecía estar ausente, se despide de su hijo porque sabe que tiene la cita definitiva con la muerte. Es una lástima que nunca hayas leído *Bambi*. Le dice: «En la hora que se me acerca estamos solos.» Y añade: «Adiós, hijo mío, te he querido mucho.» Por cierto, ¿de qué coincidencia hablabas?

—Cosas mías.

—Ah.

En aquel momento, también entre Cali y yo se instaló una pausa inusualmente larga, como si ninguno tuviera deseos de decir ni de oír lo inevitable. Al fin dijo:

—Me voy a Francia con mi padre. Seguiré mis estudios allí.

—Ah.

Otro silencio destructor. Cali sonrió, cambió de conversación para suavizar el golpe y me dijo:

—¡Has aprobado todo! ¿Recuerdas las flores de Calderón? «¡Tanto se emprende en término de un día!» (¿O era «se aprende»? ¿O era «se pierde»?) Cómo puede cambiar el mundo en cuatro meses. Ya ves tú: has perdido algunas cosas, has aprendido otras, y has emprendido muchas.

Yo seguía en silencio. Ante ella siempre me faltaron las palabras, y ahora, como Alicia, se ahogaban en un charco de lágrimas que yo pretendía ocultar a toda costa.

Habíamos acabado el helado.

—Adiós, Uli. Quizá algún día volvamos a encontrarnos —dijo Cali, dándome un beso dulcísimo en la boca.

«Adiós, Uli», me dijo. ¿Tiene algún interés aclarar ahora si mi nombre es Ulises o simplemente Nadie?

12
Las llaves

A los ocho años supe que los Reyes Magos no existían. Muy cerca de los diecisiete deduje que tal vez algunos seres habían tenido el privilegio de recibir una visita maravillosa en circunstancias particularmente desesperadas, si bien es cierto que las visitas misteriosas nunca volvían por tercera vez. Sin embargo, aquella estrella incierta que un día se situó sobre mi buzón me deparaba aún una sorpresa.

Para empezar, debo decir que descubrí a mi madre. O quizá sea más preciso decir que nos descubrimos mutuamente. Y a través de ella, conocí cosas nunca sabidas, o sólo olvidadas, de mi padre. Su biografía podía resumirse en una sucesión de frustraciones. De pequeño quiso tocar el órgano, y tuvo que conformarse con escribir treinta años después un cuento imperfecto con el instrumento por protagonista; pretendió ser actor y, en un grupo de teatro independiente, contribuyó al fracaso de una obra haciendo de escocés con una gaita gallega de sonoridad confusa (aunque una espectadora le felicitó por sus piernas); estando en la tuna, conoció cierto éxito como recitador de octosílabos jocundos, pero las chicas siempre se iban con los otros; confió en escribir una novela: inició varias y no concluyó ninguna, aunque se consolaba argumentando, con su característica ironía, que en eso había logrado superar al mismísimo Cervantes, pues sólo de *La Galatea* dijo el Cura que «propone algo y no concluye nada», mientras que él lo había conseguido en todas; pensó ser profesor de literatura, pero equivocó el momento de la oposición; descubrió su pasión por la física astronómica cuando ya era tarde para las matemáticas. La última torpeza fue casarse.

Me lo dijo mi madre, y no había en su voz reproche alguno.

—A veces me llamaba Jantipa, ¿recuerdas? —añadió—. Lo divertido, si no fuera tan triste, es que, cuando alguien le preguntó a Sócrates si era mejor casarse o no casarse, respondió: «Cualquiera de las dos cosas que hagas, te arrepentirás». También él lo decía.

Aquella mañana salí sin rumbo determinado. Me acompañaba *Bambi,* que acaso estaba pidiendo ser leído a la sombra de la misma acacia que lo recibió con desdén cierto día no lejano. Tenía aún sin resolver del todo (¿o no?) el enigma de mis misteriosos Reyes Magos, y aunque parecía harto improbable que hubiera pájaros en los nidos de antaño, abrí el buzón, como de unos meses a esta parte venía haciendo todas las mañanas.

Había un aviso de correos a mi nombre para retirar un paquete.

Me dirigí en seguida a la estafeta de correos señalada, aguijado por la intriga de saber qué Rey Mago había confiado quién sabe qué al servicio de correos. El aviso no especificaba gran cosa. Había que esperar a tener en las manos el envío.

Era una caja de notables dimensiones, aunque ningún signo exterior permitía conjeturar su contenido. Pregunté quién era el remitente.

—Es un anónimo —dijo el empleado de correos.

—¿Un anónimo?

—Eso pone aquí.

No era un anónimo. El remitente era un hombre llamado Anónimo. Supuse que era el regalo de despedida del ciego. Quizá él y yo nos parecíamos en ese extraño pudor que nos impedía expresar con naturalidad los sentimientos.

Me llevé una sorpresa al retirar la caja: era extremadamente ligera para su volumen, y destiné más fuerza de la necesaria para alzarla. El empleado observó mi desconcierto, que antes había sido suyo, y dijo:

—Mucho bulto y poca claridad, ¿eh?

—Qué va. Es un cojín de Tintín.

El cartero, ofendido tal vez por creer que me burlaba, se encogió de hombros.

Sé que casi nadie puede refrenar la impaciencia al recibir algún regalo. Yo, con los regalos como con las cartas más esperadas y queridas, prefiero el rito contrario: dilatar la hora de la apertura definitiva, con lo que se alarga ese placer indescriptible que produce la ignorancia, la imaginación, la incertidumbre. (Tiene el inconveniente del desencanto, porque no siempre la expectación está a la altura del resultado.) Y, desde luego, abrirlos y leerlas en la intimidad más absoluta. Con los regalos no siempre es posible, porque la equivocidad del gesto podría sugerir una falta de interés, cuando sucede justamente lo contrario.

Decidí, pues, abrir la caja en la soledad estricta de mi habitación. Ahora sé que hice bien, porque no hay vía pública capaz de contener aquel regalo.

Desenvolví despacio la caja, plegando el papel cuidadosamente. Era una caja muy bonita, especialmente concebida para incluir un regalo o como regalo ella misma. Levanté la tapa sin prisa, sabiendo que equivocaba el vaticinio. Dentro había otra caja.

Ahora ya no contuve mi impaciencia, pues presentí las dimensiones del envoltorio. Y, en efecto, como en el juego de las muñecas rusas, dentro de la segunda caja había otra, y dentro de la tercera otra, y luego otra y otra y otra y otra y otra y otra, cada vez más pequeñas, hasta diez.

En la última caja había tres llaves, y en las llaves una dirección. Era la misma calle donde estaba la boca del metro en que esperé vanamente al ciego una semana.

13
La buhardilla

El número de la calle pertenecía a un viejo edificio, que tenía la entrada muy cerca del banco bajo la acacia aquella en que aliviaba yo mi soledad, mientras consideraba la magnitud del delito que suponía matar un ruiseñor. Abrí la puerta de la calle. No había ascensor, y empecé a subir la escalera.

El piso, o lo que fuera, estaba en la última planta, justo debajo del tejado. Abrí la puerta. Si los olores hubieran levantado su arco iris, tendrían allí una decorosa representación.

¡Así que era aquélla la morada del ciego! Era una buhardilla tenebrosa, una mezcla de infierno y paraíso, cocina y biblioteca. No tenía más ventana que una claraboya, que alguien se había preocupado de forrar con un papel oscuro, quizá para que no entrara la luz y se comiera los libros y papeles. Bien es verdad que el ciego no necesitaba mucha, aunque no dejaba de resultar inextricable cómo podía desenvolverse en aquel enredado desconcierto.

Había columnas de periódicos y revistas por doquier, en las que el polvo había plantado cómodamente sus reales. Libros raros, que indudablemente había leído en alguna ocasión, acaso ya lejana, aunque nunca atiné a explorar el origen de su ceguera. En la mesa se hallaban los libros que habíamos leído durante las jornadas veraniegas del metro, y otros en la antesala de la espera. Allí estaban *Hamlet* y *El conde de Montecristo*, y al lado *Moby Dick,* como aguardando su turno con cierta indecisión por el orden de preferencia; la *Odisea* y también la *Ilíada,* que no tuvimos tiempo de leer; y, en fin, parecían haber pedido ya la vez, entre otros, *Crimen y castigo, Guerra y paz, Los miserables, Oliver Twist* y *El guardián entre el centeno*. Es evidente que no le arredraba el número de páginas.

En un extremo de la mesa había otros libros de los que apenas tenía noticia. Allí estaba *El túnel,* de Ernesto Sábato, y otro libro del mismo autor, abierto por un capítulo denominado «Informe sobre ciegos»; una Biblia, viejísima y desencuadernada, abierta por una página del evangelio de Mateo con una frase triplemente subrayada: «Ciegos son y guías de ciegos». A su lado había un libro inusitadamente nuevo, que desentonaba por su estado físico ya que no por el título: *Ensayo sobre la ceguera*.

No acierto a describir la confusión que presidía todo en aquel maremagno de papel impreso y objetos tan dispares. Había una estufilla eléctrica; un infiernillo de gas (¿era allí donde preparaba aquellos suculentos bocadillos que desmentían su condición de ciego?); un paragüero de raro diseño que hacía de papelera, quizá en un alarde de organización dentro del caos inicial; una calavera con gafas de motorista, aprisionada entre las innumerables obras de teatro que poblaban toda una estantería polvorienta; una nota clavada con una chincheta, que ponía: «Llevar un ramo de flores al brazo de Valle-Inclán»; una

foto color sepia de Ava Gardner, con el siguiente diálogo escrito al dorso:

—El Juez: Condenado, ¿cuál es su último deseo?
—El Reo: Deseo ver las tetas de Ava Gardner.

Encima de un sillón desvencijado vi una grabadora portátil con una cinta dentro. Pulsé la tecla de lectura y oí mi voz, extrañamente remota y desconocida, ajena a mí, recitando *El principito*. Era aquel diálogo con la serpiente del desierto, en que ella certifica la soledad que también reside entre los humanos; asegura que, en su delgadez, es más poderosa que el dedo de un rey y, aun sin patas, puede llevarte más lejos que un navío; y, en fin, atestigua su capacidad definitiva para resolver todos los enigmas y problemas...

Es ocioso confirmar que la grabadora era *auto-reverse*, y la cinta, de cuarenta y cinco minutos por cada cara. Quizá sólo se debiera al azar, o a la irregularidad de mi lectura, el hecho de que al final de la primera cara, en el intervalo blanco que emplea la cinta para cambiar de sentido, faltaran las dos líneas en que el principito añoraba un determinado planeta por sus mil cuatrocientas puestas de sol.

Al lado, entre otros papeles, postales de cine, bases de concursos literarios, pilas de linterna (¿para qué necesitaría una linterna?), hallé apilados unos cuantos sobres procedentes del instituto con las advertencias sobre mi «comportamiento negativo» en clase y finalmente mis reiteradas ausencias. Pero había un elemento discordante: Si la dirección de los sobres era la de mi casa, ¿cómo es que estaban en poder del ciego?

Una fulgurante sospecha cruzó por mi cerebro. Sólo entonces reparé en que había una tercera llave. Era evidentemente la llave del buzón.

Bajé de dos en dos los noventa y seis peldaños de la escalera que lo separaban de la buhardilla, y lo abrí con insólita impaciencia. En el buzón del ciego había un paquetito a mi nombre, de características muy similares a las de aquellos que durante casi cuatro meses estuve recibiendo yo en el mío.

Volví a subir la escalera a toda prisa.

14
Las cartas

El sobre, de tamaño superior al habitual, contenía otros sobres más pequeños, los llamados sobres «normalizados» para la correspondencia ordinaria. Alguno, excepcionalmente, estaba sin sello, lo que indicaba que había sido depositado directamente en el buzón.

Había dos docenas de cartas con el sobrescrito del ciego, abrazadas con una goma, y otra aparte dirigida a mí. Todas ellas llevaban el remite de Cali. En la mía, había dibujado además una rosa. Fiel a mi teoría de la apertura retardada de cartas y regalos, dejé para el final la que más deseaba, y empecé por las otras.

Era un par de docenas, como digo, y en ellas Cali daba cuenta de mis andanzas y desventuras, y de todo lo que bullía a mi alrededor. A veces, cuando alguna «emergencia» lo aconsejaba, había llegado a enviar dos el mismo día, y deduzco que algunas notas escritas en hojas de cuaderno, apresuradamente garrapateadas al filo de un rasgueo de guitarra, fueron redactadas en ausencia de su destinatario, para transmitir una noticia urgente o en sustitución de una conversación que no se tuvo. Sólo reproduciré algunos fragmentos, porque se vea un poco la amorosa tela de araña que se había tejido en torno a mí.

«La de lite se ha hecho el encontradizo con él esta mañana. Resulta que está encantada con el juego, y ha mostrado que ese lado oculto que todos tenemos y rara vez mostramos es en ella la cara más hermosa de la luna. También ha sido ella quien me ha aconsejado que le lea las *Rimas* de Bécquer. Dice que no hay corazón joven que pueda resistirse a tanto fuego. ¡Si supiera que una amiga mía dice que Bécquer es más cursi que un repollo con lazos! (También es cierto que ella es un poco basta, y no quiero hacer comparaciones.) En fin, haremos la experiencia con Uli. ¡Con decirle que va a dejarle en el buzón su propia edición de *El libro de los gorriones!*

[...]

«...Ella ha sido la más difícil de convencer. Dice que para qué hace falta tanto teatro y que si no podíamos habérselo dicho antes. Está un poco dolida con lo del *Lazarillo*. Pero en el fondo es una buena mujer, y creo que está algo amargada porque esperaba otra cosa de la vida. (Y de usted. ¡Porque es que también usted se las trae!, ¿no?) Por de pronto, a partir de ahora se encargará de hacer diariamente los bocadillos y de desorientar a Uli echándole alguna chuchería en el buzón...»

[...]

«Mi padre me ha tranquilizado sobre la herida: no es grave y no parece que corra riesgo de infección. Menos mal, porque mi padre es muy legalista y, tratándose de una herida de arma blanca, como él dice, su obligación sería dar cuenta a la policía. Pone como condición que durante una semana no salga usted de casa y se cure diariamente. (Lo "de casa" es un decir, porque está escandalizado con su buhardilla.)

Por lo que respecta al Guille y su cuadrilla, le he advertido que está quemado y que cualquier tontería que ocurra, aunque aparentemente él no participe, será cargada en su cuenta. Creo que por ese lado pueden estar tranquilos...»

Había otras, y su conjunto formaba la estrella que había diseñado el extraño itinerario de mis Reyes Magos. La última carta iba dirigida a mí. Era menos formal y venía escrita sobre un delicado papel con un fondo de pentagramas, en el que las notas parecían bailar como las golondrinas en el tendido eléctrico:

«Querido Uli: Cuando recibas ésta, yo ya estaré en Francia. Creo que no estoy ahora en las mejores condiciones para decirte todo lo que siento. Lo dejaré para más adelante, cuando empiece el curso, y todos estemos más apaciguados por tener más ocupaciones.

¿Sabes? Estuvimos muy preocupados por ti. Por eso decidimos montar esta especie de conspiración de amor. Era arriesgada, pero ahora veo que ha sido efectiva. Tienes un corazón tan sensible y una cabeza tan razonable que habría sido una lástima que te perdieras... Pues bien, parece que has sido recuperado para la causa (¿para qué causa?). Los seres humanos somos tan miopes para abarcar la anchura, la longitud, la altura y las profundidades de la realidad, que la pifiamos cuando más claro creemos tenerlo todo.

Ahora ya sabes quiénes fueron los Reyes Magos: tu padre, tu madre, tu profesora de literatura, yo misma... Todos los que te querían sin que tú parecieras advertirlo. Ahora también habrás aprendido lo traidoras que pueden resultar las palabras más inocentes. ¿Recuerdas aquella noche en que heriste a tu madre sin saberlo al darle las gracias por el *Lazarillo*? No te lo había "echado" ella, e interpretó tus palabras como un sarcasmo. Sin embargo no supiste dárselas por *Matar un ruiseñor:* esa vez sí que había sido ella. Así es la vida.

La verdad es que no creo desvelarte nada que ya no supieras. Siempre lo sospechaste porque no eres tonto. Pero los seres humanos somos tan imbéciles, tan etimológicamente imbéciles (por cierto, ¿sabes lo que significa "imbécil"?), que siempre necesitamos pruebas en cuestiones de amor.

Te quiere

CALI»

Adjuntaba un recorte de periódico reciente, que daba la noticia de un accidente en el metro. Un ciego que cantaba romances en distintas estaciones del ferrocarril metropolitano, al que solía acompañar una especie de lazarillo, equivocó la salida en un momento de confusión en que no iba acompañado del muchacho y fue arrollado por

el tren. Aunque se rumoreó en algún momento que fue empujado, tal vez involuntariamente, testigos presenciales aseguran que el accidente fue fortuito, e incluso no falta quien asegure que se arrojó voluntariamente bajo las ruedas del metro. «Al parecer» —socorrida locución del periodismo—, el hombre, de unos cincuenta años, murió en el acto. Practicada la autopsia, se le apreció una herida superficial en el brazo izquierdo, relativamente reciente pero ya cicatrizada, y, lo más sorprendente, no presentaba ningún tipo de lesión en los ojos...

No quise continuar, porque adivinaba el resto. Pero deduje que no había acabado de explorar la buhardilla. Y, en efecto, detrás de otra montaña de libros y revistas y papeles, había una puerta forrada de carteles teatrales, anuncios de estrenos, programas de mano, entradas y adyacentes. La abrí.

Era una especie de baño y ropero al mismo tiempo, donde en una percha —lo único ordenado que había en todo el antro— estaban cuidadosamente colgados los disfraces de ciego, de estatua marmórea y de payaso lloroso. En el zurrón velaba aquel desproporcionado revólver de juguete. Un viejo violín yacía apoyado en un rincón y, sepultado en su alma, el desconocido secreto del aprendizaje de su dueño; a su lado, un fúnebre cortejo de desaparecidos: una antigua bandurria ya sin cuerdas, la guitarra que yo conocía, un acordeón de teclas amarillecidas, una gaita gallega desinflada... Delante del espejo, un escaparate repleto de barbas y pelucas, de tarros, de pinceles, de potingues, atestiguaba la habilidad suprema del actor para disfrazarse y maquillarse y tornarse irreconocible hasta para el hijo que engendró.

Comprendí que aquella buhardilla tenebrosa, mezcla de infierno y paraíso, cocina y biblioteca, era también un camerino.

Y entonces vi la caja de música.

15
La caja de música

Era una caja de música italiana. Tenía la forma de un piano de cola, de considerables dimensiones para ser sólo caja de música. Nada más levantar la tapa, que se sujetaba con el mismo sistema que la de un piano de cola verdadero, empezaron a sonar las primeras notas de *La paloma*, de Respighi. Como el sabor de la leche condensada, como el de ciertos besos imborrables, reconocí una vieja melodía.

Han pasado veinte años: la diferencia —¿recordáis?— entre un niño y un adulto. Es posible que ahora todo esté embellecido por la distancia, por la memoria de lo irreparable. Pero aquella caja de música no sólo contenía los lentos compases melancólicos de un laúd embalsamado, que alguna vez se derramaron sobre mi cuna como llovizna sobre la hierba. Era también un ataúd sonoro, y encerraba los despojos de una vida que ya nadie podría llamar inútil.

Porque entonces supe la verdad que encerraban algunas de sus supuestas baladronadas. Encontré la lista de las obras de teatro leídas, con la fecha, el número de personajes, la sencillez o complejidad del escenario, y en algunos casos curiosas anotaciones sobre montajes que acaso nunca hizo: eran exactamente 1984, y jamás sabré si se detuvo ahí por cansancio, porque se entregó a la muerte o simplemente porque, quizá en un extraño homenaje final a Orwell, le pareció un número perfecto para dejar de leer.

¿Leer? Morir, dormir, tal vez soñar…

Mil novecientas ochenta y cuatro. La lista contenía un error o, por mejor decir, una omisión. Faltaba una obra, que había estado casi cuatro meses en cartel, de la que él había sido autor y protagonista indiscutible y en la que demostró haber sido el mejor actor de todos los posibles. Porque no sólo tenía un guión perfecto, aunque arriesgado, sino que tuvo que improvisar sobre la escena, a veces en condiciones muy adversas.

Durante cerca de dos horas y media estuve oyendo ininterrumpidamente *La paloma,* de Respighi: no menos de treinta y tres veces sobrevoló mi memoria, despertando recuerdos olvidados e hilvanando fragmentos de una realidad a veces vagamente vislumbrada. Y, mientras mis ojos se humedecían con el rocío de la música, vi en el fondo de la caja tres fotografías de mi padre. En una estaba en hábito de ciego, y en otras dos de estatua: la una, de mármol erosionado por el tiempo; la otra, de payaso quejumbroso. (Faltaban la de Rey Mago y la de Ángel de la Guarda, para las que no se halló fotógrafo posible.) También estaban allí, escritas de su puño y letra, las últimas palabras del capítulo 24 de *Bambi:* «Adiós, hijo mío, te he querido mucho.» Y, en fin, allí estaban los apuntes para una previsible novela sobre un hombre que entra en el metro y no consigue salir. Borrosas, sus últimas palabras decían sencillamente: «Lo devoró el metro.»

Dicen que el cielo está arriba, tal vez porque Jesús de Nazaret ascendió desde un monte y el barón Cósimo Piovasco de Rondó subió desde los árboles. Yo sé que está abajo, porque mi padre descendió a los cielos desde los oscuros túneles del metro.

¿FIN?